JN097256

九尾狐家双葉恋日記
～掌中の珠～

Ami Suzuki
鈴木あみ

CHARADE BUNKO

Illustration

コウキ。

CONTENTS

九尾狐家双葉恋日記〜掌中の珠〜

ある冬の日。

九尾狐王家の広大な敷地内にある神仔宮の一室で、三にんの狐たちが炬燵を囲み、蜜柑を口に運んでいた。

三にんのうちふたりは、九尾狐王家の（今のところ）末の王仔である双仔、灯織と燐紗。双仔らしく金髪銀目のそっくりな容姿と、金色のしっぽを九本ずつ持っているが、今はそれも炬燵の心地よさに負けてしんなりと畳に這っている。だらしない姿だが、母のように全身が蕩けていないだけましだと思う。

余談だが、この炬燵を神仔宮に導入したのは、ふたりの母である八緒だ。祖母の女院から自堕落だと叱られて何度か撤去しているのだが、翌年になるとまたこっそりと配備されている。よほど炬燵が気に入っているらしい。

そして残るひとりは、九尾狐王家の親族、銀鏡将為。

今上帝の末姫を母に持ち、双仔から見れば父の従兄にあたる。九尾狐家の王仔たちには「ひへん」の漢字の名前をつけるしきたりがあるのに倣い、九尾狐家から降嫁してきた仔には「れんが」のつく名前をつけることが多かった。

年ごろも近く、ふたりにとっては身分を意識せずに友じんづきあいできる数少ない存在だった。

（っていうか、悪友？）

ふたりの遊び相手として仔どものころから神仔宮に出入りしていた将為は、今でも親戚の気安さで、好きなときにふらりと遊びに来る。今も翰林院の帰りに立ち寄ったところで、制服を身につけたままだった。

甘く整った美しい顔に、銀色のしっぽ。将為のしっぽは一本しかないが、一本ずつをくらべれば、双仔のものよりたっぷりと豊かで長く、輝くような艶があって立派だ。

翰林院では、美しっぽ王仔などと呼ばれているらしい。

――王仔じゃないだろ

将為は今上帝の血を近く引いていることはたしかだが、外孫なので王仔ではない。

――俺に言うなよ。美しさのあまりまわりが勝手に言ってんだよ

空ミミじゃないかと思う。

（そのうち、俺のしっぽのほうが立派になるんだからな）

やや負けているのは、きっと年齢のせいだ。将為のほうが歳上だからで、もう何年かたてば変わらなくなる。――はずだ。

年ごろが近いせいか、将為とはなんとなく張り合ってしまうようなところが、燐紗にはある。将為は燐紗や灯織より二つ歳上だが、三年早く翰林院に入学していて、そんなとこ

ろもちょっと面白くなかった。

九尾狐家では、王仔たちは家で師について勉強するが、より高度に専門的な教育を修める資格ありと見做(みな)されれば、推薦されて翰林院への入学試験を受けることになっている。

灯織と燐紗は、つい先日、それに合格したばかりだった。

十七になってすぐのことだった。九尾狐家の王仔としては、遅くも早くもないほどほどの歳(とし)ごろだ。

「次は『お添(そ)い臥(ふ)し』だな」

と、将為が言った。

翰林院の合格をもって王仔をおとなと見做し、女性を選んで閨(ねや)のことを教えるのは、九尾狐家の伝統だった。

「相手は決まったのか?」

「うん。狐族の女官だって。ちらっと見たことあるけど、ふたりとも凄(すご)い美じんだった」

「へえ、よかったじゃん。もしかしてちょっと役得だとか思ってる?」

「ま、ちょっとな」

お添い臥しの相手に決まったのは、九尾狐家の王仔たちのために選(よ)りすぐられた、歳上の極めて美しいひと妻たちだ。そういう女性にやさしく指導してもらえる機会など、今後そうそうあるとは思えない。

「だからって、惚れんなよ？」

「まさか」

燐紗は笑い飛ばした。相手はひと妻だし、第一、燐紗には恋愛に関してひとつの信念があるのだ。

「九尾じゃない仔は対象外なんだ」

「はぁ？」

将為は呆れたような声をあげた。

「九尾じゃない相手とはつきあわないってのかよ？　九尾なんて、そもそも九尾狐家の直系にしかいないだろうが」

九尾の仔は九尾狐家の直系、しかも濃い血族婚以外では滅多に生まれないと言われていた。八緒が三にんも産んだのは、例外中の例外なのだ。

現在、燐紗自身以外に生存する九尾は、双仔の灯織、父の焰来と兄の煌紀、そして曾祖父の今上帝だけだ。濃い血縁とは言ってもいくらなんでも濃すぎて、恋愛対象になどなるわけがなかった。

「これから生まれるかもしれないだろ、九尾狐家以外でも」

「ほとんど可能性はないと思うね。それに、もし生まれたとしたって、いったい何歳年下になるんだよ」

「九百年も生きるんだから、数十年とか誤差だって」

しっぽの数は霊位に比例し、寿命もそれに倣う。しっぽ一本でだいたい百年に相当すると言われており、九尾の燐紗や灯織には九百年ほどの寿命があることになるのだ。

「だいたいなんで九尾じゃなきゃだめなんだよ？」

「なんでって……おまえに関係ないだろ、そんなこと」

「へーえ？」

将為が笑みを浮かべる。けれどもこの笑みは、よくない笑顔だ。たぶん意地悪が待っている。

「ひとに言えないような理由なんだ？　変な性癖があるとか？　そういや八緒さんもずいぶん――というか常軌を逸して焔来兄さんのしっぽが好きだよな」

「母上のこと悪く言うな！　それになんだよ、変な性癖って。ひとを変態みたいに……！」

「悪く言ったつもりはないけどな。変態じゃないなら、なんでそんなに九尾がいいんだよ？」

「なんでって……。……ずっと灯織と一緒にいて、灯織のしっぽを見てきたからな。あれくらいもふっとしてないと物足りないっていうか……」

「九尾でなくても、いけてるしっぽのやつなんてたくさんいると思うけどな。こんな感じとか」

と言いながら、将為は自分のしっぽの先で、燐紗の顎をひと撫でする。燐紗はぞくぞくぞくっと背筋を震わせ、ついでにしっぽまで震わせた。

「艶々してるだろう？　輝いてるだろう？　翰林院の女仔生徒たちには、天上の雫とか言われてんだぜ？」

たしかに、将為のしっぽにはついふれてみたくなるような艶めかしさがあり、なのにどこかふれてはならないような神々しさを感じさせる。天上の雫という言葉は、ぴったりな気がしたけれども。

「美しっぽ王仔はどうしたんだよ？」

「それはそれ、これはこれ」

「どっちも全然ピンとこない」

見ず知らずの女仔生徒の命名に納得するのも安易だと思い、燐紗は一蹴した。

そうしてふたりが冗談とも本気ともつかない会話を交わす傍で、灯織は表情を曇らせていた。

「どうしたの、灯織」

ふと気がついて声をかければ、

「……別になんでもないけど……」

灯織は小さくため息をついた。

「……燐紗は不安じゃないの？」

何が、と聞き返さなくてもわかる。

灯織がお添い臥しを不安に思っているのは、燐紗にもなんとなく伝わっていたからだ。双仔に生まれ、ふたりでひとつのようにして育ってきた燐紗と灯織のあいだには、目に見えない繋がりがあるのだ。

不安じゃない、とは言えなかった。自分のことより、むしろ灯織のことが。

一応、灯織のほうが兄ではあるのだが、彼は燐紗よりだいぶおっとりとした性格をしている。それを反映してか、同じ顔をしているにもかかわらず、表情も雰囲気もだいぶふんわりとやわらかい。

この兄に、お添い臥しが務まるのかどうか。

「……でも伝統だから、きちんと務めは果たさないと」

「だよね……」

「自信ない？」

灯織は小さく頷く。

「っていうか、そういうこと、好きでもないひととするのは……」

「抵抗がある？」

再び灯織は頷いた。

「燐紗は平気なの？」

「まあ平気というか……」

不安はあるが、年ごろの男仔として、正直、ちょっと楽しみでもあった。

同じ九尾狐家の血を引きながら、将為などはお添い臥しを経ることもなく、とっくの昔に女性と遊ぶことを覚えているようなのだ。そんな彼に対する対抗意識もまた燐紗の中にはあった。

（でも、灯織はな……）

燐紗のように割り切って考えることはできないだろう。やさしくて真面目（まじめ）な灯織は、気持ちのない行為には抵抗があるだろうし、強要されたら心に傷が残ってしまうかもしれない。そんなことになったら大変だ。

（……俺が守ってやらないと）

燐紗にとって、灯織は一緒に生まれ、同じ九尾を持つ、ただひとりの大切な半身だ。灯織のほうが兄とはいえ、比護すべき対象なのだった。

「……灯織」

燐紗は灯織をぎゅっと抱き締めた。

「俺が代わってあげる」

「えっ」

「ふたりぶんのお添い臥しを、俺がやればいいんだよ。俺は別にお添い臥しに抵抗なんてないんだからさ」

「え、でも燐紗……」

「むしろちょっと役得って感じ。だから灯織は気にしなくて大丈夫」

燐紗はにこりと笑ってみせる。

「む、無理だよ、第一、ばれるに決まってる……！」

「俺たちの見分けがつくやつなんて、父上と母上以外いないんだから！　絶対ばれないって！」

「でも、片方の部屋からもう片方の部屋に移らないといけないんだよ？　そのときに気づかれたら？」

「術を使えばなんとかなると思う」

術——というのは、九尾狐家などいくつかの血筋の者にだけまれに発現する、普通のにん間には使えない、術者だけが持つちからのことだ。父の焔来には遠く及ばないが、灯織は「翔」のちからを、燐紗は「眠」のちからを使うことができた。

燐紗はこれを用いてお添い臥しの相手を眠らせてから、灯織のほうに移動すればよいと考えていた。

「でも、燐紗にだけ……させるわけには……」

灯織はまだ眉を寄せていた。

「大丈夫だって。俺はお添い臥しなんて全然――」

「好きなひと、いないの？」

「えっ？」

突然の問いに、どきりと一瞬詰まってしまう。

「……灯織はいるの？」

「いないけど……」

よかった、と燐紗は胸を撫で下ろした。

「俺も」

燐紗は灯織とふたりでしっかりと手を取り合い、瑞獣にもまれな九百年の寿命を寄り添って生きていくつもりだった。他の者は必要ないのだ。

「でも、いつかそういうひとができたら、後悔しない？」

「大丈夫だって！　俺に任せ――わっ！」

ふいに肩に腕を回され、思いきり後ろから抱き寄せられたのは、そのときだった。

「おまえの気持ちはよくわかった」

将為だ。他に誰もいないのだから、当たり前だった。

「俺も一肌脱いでやるよ」

「はあ?」

「兄思いのりんのために、無事ふたりぶんのお添い臥しをこなせるよう、兄貴分のこの俺が目一杯協力してやるって言ってんの」

にこり、と将為は笑った。

その笑顔の胡散臭さに、燐紗は眉を顰める。

「協力って何を」

「特訓」

と、将為は言った。

「特訓?」

「そう、特訓。ま、経験豊富なこのお兄様に任しとけってこと」

たしかに歳はふたつしか違わないのに、以前から遊びにんとして浮名を流している将為は、この場合頼りになるのかもしれないけれど。

「なんでおまえなんかに」

「なんか、じゃないだろ。先生って呼べよ。お兄様でもいいぜ」

「はあ?」

「そうと決まればお添い臥しまでもう何日もないことだし、すぐにはじめたほうがいいかもな」

「え、いや、だからいつ何が決まったって——」

燐紗は猫の仔を摘むように立ち上がらせられた。急展開についていけない。

「ちょっと……！」

「りん、借りるな」

燐紗以上についていけていない灯織に言い残し、将為は燐紗を引きずって部屋を出る。

「あ、燐紗……！」

「灯織……！」

互いを呼び合う双仔の声が、夜空に響いた。

1

「……と、いうわけで」

連れてこられたのは、九尾狐家のほど近くにある、銀鏡の屋敷だった。

会うときはたいてい将為のほうから訪れていたから、親戚とはいえ燐紗が銀鏡の家に来たことはあまりない。

将為の部屋——しかも座敷ではなく奥の間ともなるとめずらしくて、ついきょろきょろと見回した。

畳の間に、翰林院の制服から着流しに替えた将為の姿がよく嵌(はま)っている。自分の部屋だから当たり前だろうけれど。

「何これ、酒?」

運ばれてきたものを見て目を見開く。女中はその後、床を延べて出ていった。

「もう、飲んでもいいんだろ?」

九尾狐家では、翰林院の合格をもって成じんと見做す。燐紗ももう歴(れっき)とした成じんなのである。

盃を持たされ、注がれるまま飲み干せば、だがすぐに喉が焼けて噎せてしまった。

「ごほ……っ」

咳をすると頭までくらくらしてきた。燐紗は座卓に肘をつき、頭を抱えた。

「一気に飲むやつがあるかよ」

将為は笑いながら、袂で口を拭いてくれた。

「でもこれくらいでだめなら、お添い臥しの女と盃を交わすのは無理かもな」

「……よこせ」

馬鹿にされたくなくて、自棄のようにもう一杯呷る。その途端、さらに目の前が揺れた。

「おっと」

傾いだ身体は、将為の腕に受け止められた。向かいに座っていたはずなのに、いつのまに隣に来たのだろう。

「大丈夫か？」

「……大事ない」

まだ軽い眩暈は続いていたが、燐紗は見栄を張って身を起こした。

「そういえば仔どものころ、こっそり宴会から掠め取ったお屠蘇をふたりで飲んだことあったよな」

「ああ……」

そんなこともあった、と思い出す。将為の思いつく悪戯(いたずら)に、いつのまにかよく巻き込まれていたのだ。

「あのときも、こんなふうにまるいほっぺたがほんのり赤くなって可愛(かわい)かった」

すぐ傍(そば)で囁(ささや)かれ、頬が少しだけ火照るのを感じた。

(仔どものころの話だって)

深い意味があるわけじゃない。まともに受け取ったらだめなのだ。

「……そんなことより、いったいなんでこんなところまで連れてきたんだよ?」

「予行練習、させてやろうかと思って」

「予行練習……?」

「女、抱くんだろ?」

生々しい言葉にどきりとした。ますます頬が熱くなる。これは酒のせいかもしれないが。

「何言ってるんだよ、……それを習うのがお添い臥しだろ」

「まあな。おまえが全然上手くやれなくて、美女の前で恥をかいてもいいっていうんだったら、俺は別に?」

お添い臥しに選ばれた女官の美しい顔が、脳裏に浮かんだ。これまで口をきいたこともなかったが、燐紗は密(ひそ)かに憧れを感じている相手ではあった。

「俺だって別にやりたくてやるわけじゃねーよ。ほんとは男相手とかごめんだしな。ただ、親戚のよしみで特別に教えてやってもいいかな、って思っただけで」

「……特別に？」

「特別に」

にこりと笑う。

「う……」

たしかに将為にはずっと恋びとがいたし、そうでなくても常にまわりには不特定多数の美女が纏(まと)わりついているようなところがある。男を相手になど、本当はしたくはないだろう。そこを敢(あ)えて提案してきたのは、燐紗のことを彼なりに心配してくれているからなのだ。……たぶん。

「わ……わかった」

逡巡(しゅんじゅん)の末、燐紗が答えると、

「よーしよし、いい仔」

将為は燐紗の頭をミミごと撫でて言った。

その笑顔を見た瞬間、燐紗は妙な悪寒を覚える。

将為は燐紗の顎に手をかけ、軽く持ち上げると、掬(すく)いとるように唇を寄せてきた。伏せた睫毛(まつげ)が長い。燐紗はついそれに見惚(みと)れてしまいそうになる。

（……って、え？）

吐息がかかり、自分が何をされそうになっているか、はっと気づいた。反射的に将為を思いきり押し退ける。

「ちょ、ちょーっと、何やって……っ」

「それもわからねーの？　そこから教えるってなるとさすがに……いや、それはそれで楽しいかも……？」

「変態っ!!」

燐紗は思わず声を荒らげた。

「わかるよっ、わかるけど……っ」

「けど、何」

「き……キスからするのか……？」

「普通はな。上手くできなくて、お添い臥しで恥をかきたいってんならやめるけど」

「……」

そう言われると、燐紗は弱い。

黙り込む燐紗の顎を、将為は再び持ち上げた。

「目を閉じて」

今度は時間をかけなかった。あっというまにふれて、離れていく。

「どう?」

「どうって」

一瞬だったし、よくわからなかった。

けれど燐紗はつい目を逸らす。見下ろしてくる将為の視線が、なんとなくいつもと違ったからだ。

いろっぽい——と言ったらいいのか。それともやさしい? 甘い?

ただの親戚兼友じんを見るいつもの目とは、違う気がする。ほとんど生まれたときからのつきあいなのに、こんな表情は知らない。女性の噂は絶えない男だけれど、交際相手に対しては、いつもこんな顔を見せていたのだろうか?

燐紗は自分が、何か別のにん間にでもなったかのような気がした。

「いやだった?」

いや、ってことはないけど。むしろ何か変にどきどきする……とでもいうのか。変な感じだった。違う男といるような。

「続けていいか」

「う……うん……」

「少し口を開けて」

「ん……っ」

何度も角度を変えて啄んでくる。かと思うと、舌が口内に入ってきた。

表面のざらりとしたところが擦りあわされると、ぞくぞくっと妙な戦慄が走った。上顎を舐められ、九本のしっぽがぶるぶると震える。

燐紗はいつのまにかぎゅっと将為の着物の胸のあたりを握りしめていた。

「——真似してみな？」

ふと唇を離して囁かれたとき、燐紗はぼうっとして、何を言われたのかすぐにはわからなかった。

「え……？」

「なんのためにしてるんだよ？」

将為は苦笑した。そう——いえば練習だったのだ、と燐紗は思い出す。うっかり忘れるところだった。

（でも、真似しろって言われても……）

どうしたらいいかよくわからず、ただ闇雲に唇を押しつける。そしてぺろりと舐めると、将為は軽く噴き出した。

「猫みたいだな」

「うるさいなっ」

自棄になって、燐紗は舌を突っ込んだ。

まだ将為が喉で笑っているのが伝わってきていたけれども、ふいにそれがおさまったかと思うと、抱き締められた。

先刻よりもずっと深く搦めとられる。燐紗はそれを真似しようとしたが、翻弄されて無理だった。

(……もっと)

もっとして欲しくて、ただ無意識に自分から舌を押しつけていた。それを吸われると下腹がきゅっとなった。

唇が離れても、ぼうっとしてすぐには戻ってこられなかった。

「……こんな感じ」

指先で燐紗の唇の端を拭いながら、将為は言った。

「わかった?」

「わ……わかった、かも」

ようやく正気を取り戻しながら、燐紗は答えた。正直、必死というか夢中というか――よく覚えていなかったけれども。

「ま、相手はひと妻なんだから、キスは遠慮してやったほうがいいとは思うけどな」

「ちょ、……え? じゃあなんでしたんだよ……っ」

「ええ? だってこれくらいしないと気分出ないじゃん」

それはそうなのかもしれない。こんなことでもなかったら、美女好みの将為が男の自分にふれることなど論外だったのだろうから。

ふとそんなことを考えているうちに、燐紗はふわりと抱き上げられていた。

（え？　え？）

燐紗はひどく戸惑った。将為とは長いつきあいになるが、負ぶわれたことはあっても、こんなふうに横抱きにされたのは初めてのような気がする。

先刻延べられた寝床に抱き下ろされ、将為が覆いかぶさってきた。

「え、あの、この体勢って……」

「うん？」

「け……経験させてくれるんじゃなかったのかよっ？」

「される側で一度経験しておけば、するほうもばっちりだって」

「そんなわけ――んっ……」

また唇で口を塞（ふさ）がれた。こんな使いかたもあるのかと思うけれども。

（話聞けって！）

燐紗はもがいた。

だが、キスが深くなるにつれて、頭がぼうっとして、まともにものを考えられなくなる。

夢中になってしまう。

「アッ——」

唇が離れたかと思うと、別のところに痺れるような感覚を覚えて、燐紗は声を上げた。

「それ、やめ……っ」

将為は乳首を吸い上げてきたのだった。

「なんでだよ？　おっぱいは重要だぜ」

てのひらでその周囲を撫でまわしながら、彼は言う。

「お……俺にはおっぱいないから……っ」

「まあふくらみはないけど、この苺ちゃんがあれば……」

「なんだよ、苺ちゃんって……っ」

馬鹿じゃないのかと言いたかったが、再び喰まれて言えなかった。

「あ、ばか……っ」

将為は舌先で乳首を転がしながら、手を下へと伸ばしてくる。燐紗は身を捩って逃れようとしたけれども、避けることはできなかった。

「あ……ッ」

同性の——しかもずっと友じんのようにつきあってきた血族の、そんなところになぜ平気でさわれるのだろう。

そう思うのに、握られた瞬間、勃っていたことに気づいた。自分でも信じられなかった。

ちょっと擦られるだけでもたまらなくなる。指がふれたところから、びりびりと痺れるみたいだった。

「あ、あ、あ……っ」

やめろ、と言いたくて、言葉にならずにただ首を振る。ひとにしてもらうのって、こんなにも気持ちいいものだったのかと思う。

「あぁぁ……っ」

我慢しようとすることさえできずに、いかされるまであっというまだった。

しかも薄目を開けてみれば、将為はその指を舐めていた。

「ちょ……っ、おまえそれ……っ」

「男のって舐めたことなかったからさ。どんな感じかと思って」

（……男の「は」）

その言葉に、なんだかひどく苛立った。

「……変態」

「さっきからひどくないか？　普通だろ？　……ん？」

ふと、将為が目を見開き、股間を覗き込んできた。

「な、なんだよ……っ」

「これ、何」

「え？」

「しっぽの付け根に、なんか傷みたいなのがある。いつもは被毛にまみれてるから気づかなかったけど」

「な、なんでもない……っ」

鏡で見てもほとんど見つからないくらい薄くなったそれに、まさか気づかれるとは思わなかった。

燐紗は焦って脚を閉じようとしたが、足首を摑まれて、閉じさせてもらえなかった。

「誰かにつけられたのか？」

将為の問いかけは、他の誰かと性行為をしたのかという意味が含まれているような気がした。

「違うっ」

「じゃあ自分でやってて――」

「違うってば!!」

恥ずかしさのあまり、つい必死で否定してしまった。

「こ……仔狐のころ、世話係の誰かが何か失敗したんだろ」

「それだけ？」

「他に何があるっていうんだよ!?」

「ふーん……？」

将為は指先で傷跡にふれてくる。肉眼ではどこにあるかさえよくわからないほどのものなのに、なぜだかふれられたことがわかって、燐紗は思わず身を竦めた。

「ここ感じるんだ？」

「か、感じるわけないだろ……！」

「じゃあこっちは」

と、燐紗の後ろの孔にふれてくる。

「ぎゃっ、何、何やって……っ」

「ここ使うしかないだろ。……お添い臥しのときは、女は……このあたりに孔があるから」

「ひっ――」

陰嚢と後孔のあいだのあたりを撫でられ、燐紗は跳ねるように腰を浮かせてしまった。

「あっ、あっ――」

「ここも気持ちいい？　また勃ってるし」

「やだ、それ……っ」

「感じやすいんだな。後ろのほうまで濡れてきた」

そう言ってまた指をすべらせる。本当に、将為はそこへ挿れるつもりなのだろうか？

女を抱くみたいに？　今まで何にんもの相手と寝てきたみたいに？

「やだ……っ」

なかば夢中で、燐紗は将為を押し退けていた。

「りん？」

「やっぱやだ……‼」

両腕で顔を覆い、将為の視線を遮る。

「いきなりどうした？」

彼の部屋に来てからの急展開についていけていなかった心が、ここへきてようやく表面化したのかもしれないし、心がともなわないのにこれ以上のことをするのが嫌になったのかもしれない。――灯織が言ったとおりに。

「りん」

涙まであふれてくる。こんな姿、誰にも――特に将為には見せたくないのに。

将為のため息が聞こえてきた。

「わかったよ」

と、彼は言った。燐紗の髪をくしゃくしゃとミミごとかき混ぜてくる。

「もうやめるから、顔出せって」

「うう……」

燐紗が泣けば、将為は言うことを聞いてくれる。昔からいつも。

「まったく、こんなんでふたりぶんのお添い臥しなんて、こなせるのかね？」

燐紗の頭をミミごと撫でる。いつもの感触は、燐紗を甘やかされているような気持ちにさせる。

「……こなせるに決まってるだろ。お添い臥しは『する』側なんだから。おまえも一回されてみろよ……っ」

なかば涙声で訴える。こんな情けない姿は晒したくないのに。

「ごめんな、怖い思いさせて」

「別に怖がってるわけじゃないんだからな……っ」

「はいはい」

怒るかと思ったが、将為は笑っている。

（……まあ怒られる筋合いじゃないとは思うけど……）

こんなことは、彼にとってはたいしたことではないのかもしれない。将為はまた燐紗のミミを撫で、キスをしてくる。それは気持ちよくて、燐紗はつい流されるままに応えた。

（あ……）

夢中になって無意識に膝を立てると、内腿にふと熱いものがふれた。

（もしかしてこれって）

気がついた瞬間、かっと全身が火照った。

燐紗は思わず身動(みじろ)ぐ。唇を無理に離し、そろそろと下へ視線を向ければ、着物のあいだからわずかに凶器が見えた。

「……っ」

燐紗は息を呑(の)んだ。

「……ん？　ああ……コレね」

「なんでそんな、……なってんの」

「そりゃ……なるだろ、こんなことしてたら。おまえだって」

「俺は……っ、おまえがいろいろさわるから……っ」

でも燐紗は、将為の身体(からだ)にほとんどさわっていないのに。

「立派だろ」

「な……何馬鹿言って」

「さわってみたくならない？」

「なるわけないだろ……っ」

「そ？」

「……。…………でも、それ、どうすんの？」

「さあ、どうしようか？」

「って、当てんな……っ」

将為は笑って、燐紗のものに自身をぴったりと押し当ててきたのだった。

（嘘……）

そんなところがふれあっているなんて、信じられなかった。しかも、ひどく熱くて、脈動まで伝わってくる気がする。

戸惑う燐紗の手をとり、将為は大きさの違うそれを二本とも握らせ、上から自分の手を重ねてきた。

「一緒にイこう」

「え、あ……ッ」

そのまま扱かれて、言いようのない快感が走った。先刻いかされたときとも少し違う。将為の熱を感じるからだ。

「ん、あっ、はぁ、あぁ……っ」

声が抑えられない。そんな燐紗を将為がずっと見下ろしている。視線を感じる。

「見んな……っ」

「……可愛い」

「何、言ってんだよ、……っ」

そんなふうに囁かれると、ひどく落ち着かなかった。今まで言われたことなどなかった

のに。

(でも、将為だって)

わずかに眉を寄せ、何かを堪えるような顔をしている。ある意味、可愛い気もした。

手の中でふたりのものが熱を増す。先にいきたくなくて必死に我慢しながらも、燐紗は将為のものに擦りつけるように腰を浮かせ、揺らしてしまう。

「あ、あっ、あ……！」

——一緒にイこう

張り合う気持ちのうえに、先刻の囁きが燐紗を縛る。

(でも、もう、無理)

「将為……っ」

りん、と将為が息だけで呼んだのが聞こえた気がした。同時に、燐紗は二度目の絶頂に昇り詰めていた。

一瞬遅れて将為も達する。燐紗のそれは生暖かいもので包まれ、ふたりの吐精したものが混ざりあう。

小さく息を詰めた将為の表情に、燐紗はひどくどきどきした。

しっぽまですっかり汚してしまったから、家に帰る前に風呂に入った。

寝殿造りに似た銀鏡の屋敷の一角はすべて将為が使っていて、専用の浴場もあった。

「ひさしぶりだな。一緒に風呂に入るの」

燐紗を後ろから抱きかかえ、頭に顎を乗せて、将為は言った。

「昔は、灯織と三にんでどろんこになって遊んで、しょっちゅう神仔宮の風呂に放り込まれてたもんだったけど」

仔どものころのことはあまり思い出したくなくて、燐紗は聞き流す。

「あのころにくらべて、ずいぶん育ったよな。このへんとか」

「あっ、こら……！」

下のほうへ手を伸ばされ、肘鉄を食らわせた。

「……当たり前だろ。もう仔どもじゃないんだから」

九尾を洗うのも乾かすのもひとりではどうにもならず、将為にやってもらった。

「本当にふさふさだな……おまえのしっぽ」

手拭いで水気を取りながら、将為は言った。

「そりゃ……九本もあるからな」

「九尾狐家でも滅多に生まれるものじゃないのに、八緒さんはよく三にんも産んだよな」

「痛っ。雑にさわんなよ、このしっぽは尊いものなんだからな」

「わかってるって。九百年分の命が宿ってるんだもんな」

「……」

「焔来兄さんのしっぽはもっとずっとたっぷりしてるだろ。こんなのを毎日朝晩梳かすのが楽しくてしょうがないって言うんだから、八緒さんって本当に焔来兄さんのこと愛してるんだな」

「……別に大変ならしなくていいけど」

「自分じゃ無理だろ」

「侍従がちゃんとやってくれるからいいんだよ」

そもそも八緒ももともと侍従だったのだ。

燐紗はしっぽを揺らして将為の手を振り払おうとしたが、将為は握ったまま放さなかった。

「お添い臥し前に、外で風呂入ってきたのバレてもいいのか？」

「う……」

そう言われると、燐紗は弱かった。

「泊まってくだろ？」

「帰る。……朝、部屋にいないとまずいと思うし」

兄の煌紀などは桃羽が入内するまではずいぶん浮名を流したとも聞いているし、本当はかまわないのではないかとも思うけれども。

（でも……泊まったりするのはまずい気がする。……なんとなく）

……離れるのが嫌になりそうで。

「それもそうか」

燐紗のそんな迷いには気づきもせず、将為は言った。

「帰るなら送るよ」

「別にいいよ、近いんだし。車だけ出してくれれば」

「でもこんな時間だからな」

燐紗のしっぽが乾くと、将為は銀鏡家の自動車を自分で運転して送ってくれた。

「運転できるのか？」

「まあ一応。近くだし、この時間に運転手を起こすのも気の毒だからな」

「大丈夫かよ」

やや疑いながらも助手席に乗り込む。

窓の外はもう微かに明るくなりかけていた。神仔宮を連れ出されてからずいぶん時間がたってしまったし、灯織が心配しているかもしれない。

「……後朝の別れか……」

「えっ？」

ふと思いついたことをそのまま口にすると、将為がびっくりしたように振り向いた。

「前、前っ！　ただでさえ怖いのにっ」

「なんだって？　後朝？」

「なんでもないって！　ちょっと思いついただけだから！」

こういうのは後朝の別れではないだろう。

（恋びと同士でもないし、最後までしたわけでもないんだから）

つい口にしてしまったのが恥ずかしい。

「何を」

「いや、ええと……ほら、昔はそういうとき文（ふみ）を書いたりしたらしいじゃん。お添い臥しでも必要なのかなって」

「いらねーよ、向こうも職務なんだし」

「だよな。……あ、雪」

ちらちらと白いものが舞いはじめていた。

「初雪か……」

窓を開け、燐紗は外を眺める。

雪を見ると、必ず思い出す光景がある。

（俺と灯織と、将為……九尾狐家の庭で、雪だるまをつくって、それから）

仔どものころのことは、思い出したくないのに。

「――冬はつとめて、雪の降りたるは言うべきにもあらず……」

そのとき、ふいに隣からその一節が聞こえてきた。

「なんだよ、いきなり」

「いや……歌とか詠んだことないし、……かわりに？」

「ははっ」

燐紗はつい笑ってしまった。そしてきゅんと覚えた胸の疼きを、慌てて封印した。

（……俺には灯織がいるし）

九尾の灯織以外、誰のことも特別に愛するつもりはないのだ。

やがて車は九尾狐家へと到着する。

燐紗は門の前で将為と別れた。

あれは十数年前の、ある雪の日のことだった。

燐紗と灯織、そして将為の三にんは、九尾狐家の池のほとりで一緒に雪だるまをつくっていた。

そしてそれがほとんど完成した頃、燐紗はふと思いついた。これだけ凍っていれば、池の氷の上をすべれるのではないかと。

仔ども心に、おとなに気づかれたら絶対に止められるとわかっていた。――そう、わかっていたのだ。だから侍女たちの目が雪だるまに逸れたときを狙った。

燐紗はそっと輪から離れ、氷の上に乗ってみた。

けれどもそれは見た目よりはるかに脆弱だったのだ。ぱきぱきと音を立ててひび割れた隙間から、燐紗は池に吸い込まれかけた。

――りん……っ‼

真っ先に気づいたのは、将為だった。

彼は全力で駆けてきた。そして燐紗の手を摑んで引き戻したが、かわりにその反動で水中へ放り出されてしまった。

――しょーい……っ‼

おとなたちが気づいてすぐに引き上げたが、将為の意識はすでになかった。

最も近かった稲荷御所の医務所へ運び込まれ、侍医長がつきっきりで治療に当たった。

けれども彼は呼吸が止まったまま、なかなか息を吹き返さなかった。

仔どもたちはそのあいだ近寄らせてもらえず、神仔宮で震えていた。

大好きな将為がこのまま死ぬのではないかと思ったら、燐紗はたまらなかった。胸が潰れそうだった。自分がかわりに死にたかった。

(そうだ、しっぽ)

しっぽの数は霊位に比例し、一本は百年の寿命に相当する。だったら、九本もある燐紗のしっぽを、将為に一本あげたら、元気になるんじゃないだろうか。

そう思って、燐紗は自分の部屋に籠もり、自分のしっぽを鋏で切り取ろうとした。仔どもとはいえしっぽの根もとはそれなりに太く、せいいっぱい力を込めても血が滲むばかりで、なかなか切れなかった。

燐紗は痛みに鳴き声をあげた。

どうして切れないのかと思う。悔しさと痛みでぼろぼろ涙が零れた。

(こんなに痛いのに)

そんなときだった。

——将為が意識を取り戻したよ

呼びに来てくれたのは、煌紀だった。

燐紗は声をあげてわんわん泣いた。あんなふうに泣いたのは、後にも先にもあのとき限りだったと思う。

——よかったな

そう言って、煌紀は燐紗のミミを撫でてくれた。彼も嬉(うれ)しいはずなのに、その表情は喜びだけではなく、ひどく複雑なものを含んで見えた。その意味が、そのときの燐紗にはわからなかったけれど。

今ならわかる。

あのときの煌紀は、燐紗の九尾を憂えたのではなかったか。今は将為がたすかって嬉しくても、いつかその悲しみはきっとまた訪れるのだと。

――こんなに小さいのに

煌紀は燐紗の手から鋏を取り上げて、可哀想(かわいそう)にと言った。

――こんなことをしても無駄なんだよ

このときの傷は、まだ燐紗のしっぽの根もとに微かに残っている。

数日後、お添い臥しの日がやってきた。

燐紗は自分の相方と見張り役を眠らせてから、予定どおり厠(かわや)へ行くふりで灯織と入れ替わった。

そして務めを無事終え、自室へ戻る。

早朝、まだ寝静まったままの屋敷の渡り廊下を歩いていると、雪が舞い込んできた。

（……また、雪）

冬だから当たり前ではあるが、立ち止まって少しのあいだ空を見上げた。そして視線を戻した瞬間、声を漏らしそうになった。

（将為……）

彼は廊下の突き当たりの壁にもたれて立っていた。両手で口もとを覆い、吹きかける息が白く煙る。白銀のしっぽは寒そうに腰に巻きついていた。

（……霜のいと白きも、またさらでもいと寒きに火など急ぎ起こして、炭もて渡るもいとつきづきし……）

このあいだの続きが脳裏に浮かぶ。

彼がふと燐紗に気づいて微笑う。

「な……何やってるんだよ、この寒いのに！」

思わず駆け寄り、彼の手を包めば、氷のように冷たかった。

「……なんで来るんだよ」

（もしかして、気にしててくれた？　……いや、そんなこと、どうだっていいけど。……でも）

「……まさか覗いてたわけじゃないよな？」

と、訝しめば、

「まさか！　けど気になるじゃん。ちゃんと上手くやれたかって、乗りかかった船だし」

「どうだか。おまえちょっと変態くさいとこあるからな」

「俺のどこが⁉」

「どこがって」

答えようとして、恥ずかしくなって目を逸らしてしまう。

「で、どうだった？」

と、将為は聞いてきた。

「何が」

「憧れの女官だったんだろ？」

燐紗はどう答えるべきか、わからなかった。答えあぐねるまま、唇を開く。

「……おまえほど上手くはやれなかったよ」

「はっ。なんだよ、せっかくあんなに教えてやったのに」

と、将為は笑った。

「うるさいな。いいだろ、もう過ぎたことなんだから」

「……まあな」

「あーあ。なんか腹減ったな」

緊張して、昨夜はあまり食べられなかったのだ。

「そうだと思った」

「え?」

「炭はないけど、いなり寿司持ってきたんだ。一緒に食おうぜ」

将為は風呂敷を見せる。

「おまえにしては気が利くじゃん」

「バッカ。いつもだろ」

慣れた軽口をききあいながら、ふたりはともに燐紗の部屋へ向かった。

2

翰林院入学を控えたある日。

燐紗と灯織は、稲荷御所に住む祖母の女院に呼ばれ、ひとりの男に引き合わされた。

「この者は、ふたりが翰林院へ通うにあたり、随身としてわたくしが特に選んだ者です」

その男は若く、翰林院の白い洋装の制服を着ていた。

犬のミミと、太く巻いた灰茶色のしっぽを持った、犬族の男だった。上背があり、肩幅が広く、かなり大柄だ。

彼は座敷に入ってきて、平伏した。

「顔を上げなさい」

整った精悍な顔立ちだが、きつい眼差しが、少し怖い。灯織も同じように——もっと強くそれを感じていることが、双仔である燐紗には伝わってきた。

「海軍兵学校を休学し、特別任務としておまえたちとともに翰林院に入学、行動をともにしてもらうことになりました」

「護堂柾綱と申します。命に替えても両殿下をお守りする所存です」

大袈裟だな、と燐紗は正直思った。翰林院——学校に通うだけのことなのに。けれども彼は大真面目なようだ。

「よ……よろしくお願いします」

どう反応したらいいか戸惑う燐紗より早く、灯織が頭を下げた。滅多にないことに、燐紗は驚く。

（灯織……）

そして女院の視線に気づいてはっと我に返った。

「……よろしく」

と、燐紗も慌てて口にした。

紹介が終わると、燐紗と灯織は稲荷御所から退出した。

九尾狐家の庭を抜けて神仔宮へ戻る道すがら、灯織は言った。

「さっきのひと、なんだか父上に似てたよね？」

「ええ？」

思いもよらない科白に、燐紗は声をあげてしまった。

「どこらへんが？」

というか、そもそも自分たち双仔の容姿が父焔来にそっくりだと言われているのだ。九尾狐家と縁続きでさえない男に、何を言っているのか。

「あ、顔とかじゃなくて、雰囲気っていうか、実直そうなところ?」

「今日初めて会ったところなのに、そんなのわかるのか?」

「なんとなくだけど。燐紗はそう思わなかった?」

「まあ……くそ真面目そうだとは思ったけど……」

「やっぱりそうだよね」

と微笑う。

「あと、無口そうなところとか」

「たしかにそんな感じではあったかも……」

両親はとても仲がよく、家ではほとんどずっと一緒にいるが、喋(しゃべ)っているのはたいてい八緒で、焔来は無表情で聞いているだけだ。けれどそれでもなんとなく、上機嫌なのが漏れ伝わってくるのが仔狐たちには面白かった。

灯織は柾綱を気に入ったようだ。それはいいことなのだろうけれど。

燐紗は胸に一抹の不安を覚えていた。

それから間もなく、初めての学生生活がはじまった。

九尾狐家の敷地からあまり出たことさえなかったふたりにとって、外の世界も高度な講義も友達も、新しいことの連続だった。

一昨年から翰林院に通っている将為がしょっちゅうちょっかいをかけてくるうち、彼の友じんたちとも親しくなり、ときどき帰りに一緒に遊びに行くまでになった。最初は九尾狐家の王仔ということで遠巻きにしていたひとびととも、少しずつ距離を縮めている。

「今日、将為たちが山崎さんちに寄るって言ってるけど、一緒に行くよな？」

「山崎さん……？」

「ほら、このあいだ珈琲奢ってくれた、将為の友達の」

引っ込み思案な灯織も誘い、連れ回す。柾綱も常にふたりにつき従っていた。

「あいつんち、撞球室があるんだよ」

と、教室の窓から割り込んできたのは将為だ。

あれから。

灯織にも秘密のまま、将為との仲は続いてしまっているのだった。

——どうだった？

お添い臥しのあと根掘り葉掘り聞かれて、なんとなく艶めいた空気になって。

——こういうことはした？　ここにさわった？

結局、流されるように肌を合わせた。「尋問」に答えるより楽だったからかもしれない。けれども、そんなことはおくびにも出さずに暮らしている。

（これまで、灯織に秘密なんか持ったことなかったのに）

灯織に隠しごとをしているようで後ろめたいけれども、やはり知られたくなかった。兄弟のように育った親戚で、幼なじみの男と、そんなことになっているなんて。——愛し合っているわけでもないのに。

「撞球、やったことない……」

「俺もないけど、面白そうじゃん、な？」

「う、うん……。でも、本当に僕たちまでお邪魔していいの？」

ちら、と将為を見る。

「別にかまわねーって。宮様たちも一緒のほうが楽しいって、あいつらも言ってるから」

実際、ふたりは先輩たちから可愛がられていた。もふもふとしたおそろいの九尾がめずらしいのもあるのだろう。

「じゃ、じゃあ……」

促され、ふたりは一行に混ざった。

山崎邸は瀟洒（しょうしゃ）な洋館で、広い庭に面した別棟がまるまる一棟、撞球場になっていた。

すでに遊び慣れている将為や先輩たちはさすがに上手で、燐紗も灯織も試合の流れさえよくわからなかったが、見ているだけでも面白かった。気持ちいい音を立てて球が穴に落ちると、思わず歓声をあげてしまう。

「どうよ？　格好よかっただろ？」

家主と勝負して勝った将為が片目を閉じる。

たしかにかっこよかったけど。

「俺だってすぐ上手くなるんだからな！」

張り合って言えば、将為は苦笑した。

「そっちじゃないんだけどな」

「え？」

「ま、いいや。教えてやるよ」

促されるままにキューをかまえると、後ろから覆いかぶさるようにして手を添えてくる。

こういう姿勢になると、ふれあっているときのことを、つい思い出してしまう。

そっと肘で押し退けようとしたが、びくともしなかった。

「球をよく見て。この白い手球を突いて、一番の番号のついた的球から順番に穴に落としていく。九番が入れば勝ちだから……」

説明しながら教えてくれるが、あまり頭に入らなかった。

そうして燐紗が将為に手取り足取り習っているあいだ、灯織のほうは他の先輩たちに囲まれていた。教えてもらっているというよりは、揉みくちゃに可愛がられているという感じだ。

先輩たちには同じ顔のふたりの見分けがついていないと思うが、それでも灯織のほうがなんとなくにん気がある気がする。おとなしくて可憐な雰囲気があるからだろうか。

柾綱は、ずっと灯織の後ろに立って彼を見守っていた。燐紗のほうにも抜かりなく意識を向けているのは感じるが、親戚の将為といる燐紗より、先輩たちに囲まれている灯織のほうが要注意だという判断なのだろうか。

そんな柾綱を、灯織がちらちらと振り返る。その視線が、なんとなくたすけを求めるような色を帯びているのが気にかかった。

今までずっと、灯織が困ったときに頼るのは、自分だったはずなのに。

(面白くない)

「何？　おまえもちやほやされたいの？」

「全然……！」

見当違いのことを言ってくる将為につんと答え、燐紗は灯織の傍へ行った。

「灯織、勝負しない？」

「勝負？　撞球で？」

「勿論」

「でも、まだ全然……」

「俺もまだ試合の流れだけ教えてもらったくらいだから、いい勝負になるんじゃない？　下手同士で」

「こりゃいい……！」

先輩たちは面白がって囃し立てた。

「可愛仔ちゃん対決」

「実際やってみるのが一番覚えるしな」

「どっちが勝つか賭けるか」

「兄宮様に」

「じゃあ俺は弟宮様に」

翰林院では、灯織は兄宮様、燐紗は弟宮様と呼ばれている。神仔宮で侍女たちにそう呼ばれているのを将為が紹介し、広まったかたちだ。

あっというまに賭け金は積みあがっていった。暇を持て余した貴公仔たちには、格好の玩具だった。

勝負——と言っても、周囲にやりかたを聞きながらだ。

最初に先攻後攻を決め、灯織のブレイクショットで弱々しいながらも的球は適当に散らばった。それを交互に打っていくのだが、そもそも手球がまともに的球に当たらないし、

当たっても穴に落ちない。たまに落ちても、

「やったあ！」

「じゃないだろ。手球を落としてもだめ」

あくまでも「手球を突いて的玉に当て、的球を落とす」遊びなのだ。

灯織も燐紗も初めてなうえあまり器用でもないため、どちらも下手すぎて、試合は勝負というよりお笑い大会のようになってしまっている。

「なんで当たらないんだろ」

灯織がぼそりと呟(つぶや)く。

そのときふいに、後ろに控えながらほとんど喋らなかった柾綱が、灯織のミミにそっと何か囁いた。灯織が驚いたように振り向く。

「撞球、やったことあるの？」

「海兵にいたときに少し」

何かコツでも教えたらしい。灯織の姿勢がちょっと変わったような気がした。

前よりどこか様になった姿で、手球を突く。

「あ！」

「入った‼」

ようやく灯織が一番の的球を穴に落としたのだった。

灯織は飛び上がって柾綱を振り向く。両手を握っててのひらを前に向けさせ、自分のてのひらと打ち合わせた。ぱん、と小気味のいい音が響く。

「あ……ごめんなさい」

そして我に返ったように、慌てて手を引っ込めた。心なしか頬が赤かった。

燐紗は、その一連の流れが、最初から最後まで気に入らなかった。

今までそんなことは一度もなかったのに灯織に先を越されたことも、灯織が柾綱の手を握って顔を赤らめたこともだ。

「弟宮様の番だよ」

「……あ、はい」

先輩たちに促され、燐紗は撞球台の前に立つ。今回は絶対に点を取りたかった。これ以上、遅れを取りたくなかった。

けれども勝負は難しい局面だ。どこから突いても、手前の的球を越えなければ二番を落とすことはできない。

(そうだ……さっき将為がやってたやつ)

手球を跳ねさせ、ひとつ向こうの的球に当てるのだ。

普通に突くことさえままならない燐紗には、できるとも思えない高度な技だが、

(でもやってみないとわからないし……!)

たしかこんな感じで……と、手球の下のほうを思いきり突き上げる。

「あっ――‼」

思わず大きな声が出た。

いつもはろくに転がりもしない球が、こんなときばかりは勢いよく跳ねて、灯織の顔に向かって突進したのだ。

手を伸ばしたが、まるで間に合わない。もうだめだ、と思った。

だが球が当たるより一瞬早く、横から飛び出してきた手が、それを受け止めた。

柾綱だった。

彼の大きな手に、手球がぴしりと収まっていた。

「ひ……灯織……っ」

燐紗は灯織に駆け寄った。

「ごめん、大丈夫⁉」

「うん。僕は大丈夫」

灯織はそう言って、柾綱を見上げた。

「ありがとう」

「……ありがとう」

と、燐紗も口にする。

「自分は務めを果たしただけですから」

とだけ、柾綱は愛想も何もなく無表情に答えた。けれどもそんな彼を見つめる灯織の笑顔は、やはりどこかいつもと違って見えた。

（……灯織……？）

柾綱が灯織を守ってくれた。そうでなければ、灯織に怪我をさせてしまっていたかもしれない。

そのことに感謝はしているものの、燐紗はなんとなく不安だった。

ぐだぐだなまま試合が終わり解散すると、燐紗は将為の家に立ち寄ることになった。

――このあいだ言ってた本、貸すからさ

というのがどういう意味を含んでいるのかはわかっていたけれども。

――灯織も来る？

燐紗は灯織にも声をかけた。これまでずっと一緒に行動してきたし、どこへ行くときでも灯織も誘ってきたからだ。そして灯織も断ったことはなかった。

だが、このとき灯織は、

——僕は図書館で勉強して帰るから。

と、答えたのだ。

——ちょっと……かなり成績のほうが心配だから……

灯織は頭が悪いわけではないが、おっとりしているので、師から一対一で習うのでない輸林院の講義についていけていない節はたしかにあった。

——じゃあ俺も……

——大丈夫だよ。燐紗は遅れてないし、柾綱に見てもらうから

柾綱は、海軍兵学校でも非常に成績優秀だったのだという。控えめに振る舞ってはいるものの、輸林院でも勉強には不自由しておらず、灯織を教えるくらい朝飯前だと思われた。ちなみに、華やかさはないが端整な容姿もあって、女子生徒にも密かににん気らしい。

それ以来、輸林院の帰りには、灯織は柾綱と図書館で勉強、燐紗は将為の家へ、と別行動を取るようになっていた。

「でも今までは、俺が一緒に勉強してたのに……！」

灯織としては、気を遣ってああ言ってくれたのかもしれないが、燐紗はどこか納得できていなかった。

「まあいいじゃん。灯織に知られたくないんだろ？」

「そうだけど……」

「おかげで堂々とうちに来れるじゃん」

「そうだけどさ……」

「それとも、今日はやめとく？」

と言われると、それもちょっと……と思ってしまう。短いあいだに、燐紗はすっかり将為との関係に馴染んでしまっているのだ。

（……そんなつもり、なかったのに）

いや、別に将為の家に行きたいとかではない。ただちょっと——そう、気持ちいいことが好きなだけだけど。

燐紗と会話しながら、将為は通りすがりに声をかけてくる女仔生徒たちと、気軽に挨拶を交わしている。

甘い美貌と気さくな性格、それに九尾狐王家の血を引く高貴な生まれまで手伝って、将為は桎綱どころではなく女仔ににん気があった。翰林院に入ってみて、初めて知ったことだ。「美しっぽ王仔」などと呼ばれていることは聞いていても、これほどだとは思わなかった。

（女好きめ）

と、心の中で舌を突き出す。

——入れ食いみたいですよ

山崎がこっそり教えてくれた。

——おっと、宮様の前で下品な言葉を使ってしまった。申し訳ありません。俺が喋ったなんて内緒にしてくださいね

なのに、男の自分に手を出してくるのが不思議だった。

同じ種族であれば男同士でも仔づくりは可能だ。だが、だからといってこんなにも女性にもてるなら、敢えて燐紗にかまう必要などないだろうに。

(めずらしいから?)

いくら将為でも男は初めてだったようだし、九尾だって他には知らないに違いない。

「十七にん」

銀鏡家の将為の部屋へ来て、ぼそりと燐紗は呟いた。

「え?」

「なんでもない」

実は将為が翰林院の玄関を出てから自動車に乗るまでのわずかのあいだに挨拶してきた女仔生徒の数だ。だからどうというわけでもないのだが。

「……俺だって、そのうちもてるようになるんだからな。父上と同じ顔なんだから」

「なんだよ、いきなり」

将為は苦笑した。そして燐紗の頬を両手で包み、顔を覗き込んでくる。

「たしかに似てはいるけど、やっぱ違うんだよな……。歳の違いもあるけど、そもそも中身が違うわけだし、おまえ可愛いからなあ……」

(別に可愛くなんか)

でも、この頃の将為はときどきそんなことを言う。

まあ、焔来に似ているくらいだから、顔立ちは整っていると言ってもいいのだろうけれど。

(でもかっこよくなるんだからな。もうちょっと育ったら)

けれど燐紗の唇は、抗議の声をあげる前に塞がれた。

＊

そのころ灯織は、柾綱とともに翰林院の図書館にいた。

ただ勉強しているだけだが、灯織にとってそれはとても楽しい時間だった。

柾綱は賢くて、灯織がわからなくても、わかるまで根気強く何度でも教えてくれる。怖そうな見た目に反して、実はとてもやさしいのだとわかる。

（燐紗なら、もう癇癪起こしてるかも）

そう思うと、少し可笑しくなった。

灯織は、自分が楽しいだけじゃなく、燐紗にも心置きなく将為と遊んでもらえることにもほっとしていた。

仲間外れにされたことなど一度もないが、ふたりのあいだにだけ通じているものが、何かあるような気はしていたのだ。――自分が邪魔をしているかのような。ふたりともそんなことは絶対に言わないし、思ってもいないだろうけど。

（今ごろなんの話してるかな）

と思う。実際には、話どころではなかったのだが。

こうして勉強していると、ふだんは無口な柾綱がたくさん喋ってくれるのも嬉しかった。問題の解きかたを説明しているだけだが、その穏やかな低い声を聞いているだけで、灯織はなんだか嬉しくなるのだ。

「ごめんなさい……何度も。僕、飲み込みが遅くて」

「そんなことはありません。海兵にはもっとわからないやつなんて大勢おりましたから」

「でも……家で先生に習ってたときも、燐紗の足を引っ張っちゃってたんだよね。僕がわかるまで先へ進めないから」

「灯織様は、飲み込みが悪いわけじゃありませんよ。丁寧なだけです」

ふわりと心があたたかくなった。

灯織には、双仔であるにもかかわらず、自分よりずっと頭の回転が速い燐紗に対して、少しだけ劣等感があったのだ。

丁寧というよりはやはり不器用なだけだとは思うが、柾綱にそう言ってもらえるのなら、これからも頑張れる気がした。

「少し休憩にしましょうか」

「そういえば、ちょっとお腹空いたね」

「では食堂へ行きましょうか。それとも外にしますか？」

「お天気がいいから、外で食べたいかな」

「承知しました。では何か買って参ります。そのあとで移動しましょう」

灯織はひとりで勉強を続けながら、柾綱を待った。彼は護衛役として、多くの生徒や教師たちの目のある安全な場所以外では、灯織や燐紗をひとりにしようとしなかった。

ほどなく柾綱が戻ってきて、翰林院の庭へと移動した。

並んで、いつもの床几(しょうぎ)に座る。ほどよくぽかぽかとした日差しが心地よい。九尾の毛先がそよそよと風に揺れていた。

（……気持ちいい）

目を閉じて、深呼吸する。

「いい匂い」

柾綱が買ってきてくれたのは、食堂の購買部で売っている稲荷寿司と、鶏(とり)そぼろの握り飯だ。短いあいだに灯織の好みをしっかりと把握していて、無骨そうな見た目でも、中身まではそうではないことを伺わせた。

「そういえば、どうして海兵学校に入ろうと思ったの?」

柾綱が買ってきてくれたおにぎりを頰張りながら、先刻ちらりと話題に出たことを思い出し、聞いてみる。

「たいした理由ではありません。自分の家は貧乏でしたので、奨学金で行けるところは限られていただけです」

灯織は相槌を打つことを忘れた。そういう理由で進路を決めるひとがいることを、知らなかったわけではないにもかかわらず、これまで深く考えたことがなかったからだ。柾綱がそうだったなんて。

「普通なら、まず両殿下の護衛など拝命できる立場ではありません。にもかかわらず、身分に関係なく抜擢していただき、翰林院にまで通わせていただいて……九尾狐王家には心より感謝しています」

「——そんなこと……」

本にんの希望や能力があるなら、本当は誰にでも学校へ行けるようになるべきなのではないだろうか。御一新から日が浅く、何かと追いついていないとはいえ、そのように変えていく責任は、九尾狐王家にもあるはずだ。感謝などというのは、間違っている気がする。

「……本当は、柾綱くらい頭がよくて、なんでもできたら……どんな学校にも行けないと変なのに……」

どう言ったらいいかわからないまま、たどたどしく伝えようとする灯織に、柾綱はほとんどわからないほど微かに笑った。

「おやさしいのですね」

「ちが――」

柾綱の瞳が、ふいに鋭く眇められたのは、そのときだった。彼は周囲に警戒の視線を向ける。

「柾綱……？」

「いや……不審な気配を感じたので……」

そう言われて灯織も見回してみたけれども、おかしなものは何も見当たらなかった。

「少し風が強くなってきたようです。そろそろ中へ入りましょうか」

「うん……」

柾綱に促されるまま、灯織は立ち上がった。

*

「なんか変な感じがするんだよな……」

と、燐紗は布団の中で呟いた。

ひととおりのことを――とは言っても一線を越えたわけではないが、それを終えると、やはり気になるのは灯織のことだった。

「何が」

「灯織」

「灯織？」

「あいつのこと、凄い意識してるような気がするんだ」

「柾綱のことか」

「そう。このあいだも、そう思わなかった？」

燐紗は将為とともにこっそり引き返し、図書館で勉強するふたりのようすを窺ったことがあるのだ。

「頬を赤くして、額を寄せ合ってひそひそ話なんかしちゃってさ」

「図書館で大声出すわけにはいかないからだろ」

「それはそうかもしれないけど……。じゃあ将為は、あのふたりはなんでもないって思うのかよ？」

「思わない」

自分から聞いておいて、燐紗は将為の答えに衝撃を受けた。言葉を失う燐紗に、将為は笑う。

「でも、おまえ気がつくとはねぇ。そっちのほうは全然鈍いのかと思ってたのに」

「ばかにしてんのか」

「してない、してないって。何しろお添い臥しをふたりぶんもこなした、おとななんだもんな」

頭をミミごと撫でられ、燐紗はじっとりと将為を睨んだ。

「……」

「ん？」

「……おまえほど好き者じゃないだけだよ。鈍いわけじゃなくて」

「ひと聞きの悪い。色男と言ってほしいね」

「ふん」

と顔を背ける。

けれども結局、相談相手も愚痴を零す相手も、他にはいないのだった。

「……柾綱が灯織にかまうから」

「どっちかっていうと逆じゃね？」

「違うっ」

「おまえは灯織が柾綱のことを好きなのが気に入らないんだろ」

「はあっ⁉」

燐紗は思わず身を起こした。

「別に灯織はあいつのことなんて好きじゃないと思うけど⁉　ただちょっとめずらしくて気に入ってるってだけで……！」

「だったら、かまわねーじゃん」

「そうなんだけど……そうなんだけどさ……。……でも……」

そういうふうには、やはり思えないのだ。否定したいけれど、否定しきれなかった。

「……灯織、やっぱりあいつのことが好きなんだと思う？　その……恋って意味で」

「たぶんな。まあ、とは言ってもまだ淡いもんだろうけど」

自分でもそうではないかと思っていたとはいえ、他にんにはっきり肯定されると胸に響いた。昔から女を食い散らかしていた将為の言うことなら、きっと当たっている――そんな気がするからなおさらだった。

「いいじゃねーの。奥手の兄貴の初恋、応援してやれば？」

「冗談じゃないっ！」

燐紗は思わず声を荒らげた。将為は喉で笑った。

「妬くなよ、大好きなお兄ちゃんをとられたからって」

「別にそういうわけじゃない。俺はただ灯織のためを思って――」

「灯織のため、ね」

「……あいつは、灯織にふさわしくない」

「ふさわしくない、か。どのへんが？」

「ど……どのへんって、……知り合って間もないし……」

「じゃあ、時間がたてばいいわけだ」

「う……」

「さすがに女院様が選んだだけあって、成績優秀、容姿端麗。武術の心得もあって護衛にも最適」

「そ、そうだけど、でも」

「やっぱ身分とか？」

「え？　あ、そう、それだ。身分は大事だろ、華族でもないんだから、お祖母様は絶対反

対するし……！　灯織はめずらしさに目が眩（くら）んでるだけなんだよ。　免疫がないから、ちょ

っと守ってもらっただけでぽーっとなって」

「なかなかかっこよかったよな」

「もう、おまえどっちの味方なんだよ！」

「別にどっちでもないけど」

「あっそ！」

燐紗は寝床から起きあがろうとした。

「どこ行くんだよ？」

「帰る！」

「まあまあ、待てって」

腹立ちまぎれに帰宅しようとしたら、しっぽを摑んで引き戻された。燐紗は思わずシャーと威嚇する。

「しっぽ摑むな！」

「いいから、どうしたいのか言ってみろよ」

「聞いてどうするんだよ？」

「これまで、俺がおまえの頼みを聞いてやらなかったことなんてあった？」

いっぱいあったような気がするけど。

胡散臭いと思わずにはいられなかった。頭をミミごと撫でてくる将為を軽く睨みながら、だがこれでも一応兄貴分ではあるのだ。藁をも掴む気持ちで、燐紗は言った。

「灯織からあいつを引き離したい」

将為は口笛を吹いた。

「悪い弟だな」

「うるさいな、それが灯織のためなんだよ！」

大真面目に言っているのに、将為は声を立てて笑う。

「どうやって？」

「それは……」

正直言って、何も思いついてはいなかった。

「……これから考えるんだよ」

「ふーん」

「なんかいい手はないかな。ふたりを別れさせられる……って、別につきあってはいないけど！」

そこだけは未だ否定したい燐紗だ。

「俺が考えてやってもいいぜ？　おまえのために」

「えっ」

「聞きたい？」

こくこくと燐紗は頷いた。

にっこりとひとの悪い笑みを浮かべて、将為は言った。

「じゃあ、口でやってくれる？」

「はあっ？」

意味を理解すると、かあっと頬に血が昇った。

「冗談っ」

「いつも俺がやってやってることだろ。たまにはいいじゃん」

「お……おまえが好きでやってることだろ……！」

「へーえ。おまえは好きじゃないわけ？　へえ？」

将為は覗き込んでくる。

「じゃあ、もうしなくていいんだ？」

「…………」

燐紗は答えられなかった。

でも本当に、好きなわけじゃないのだ。

（恥ずかしいし、へんな声出るし、将為、焦らすし。……気持ちいいけど）

それに、将為はいつも傷跡を執拗に舐めてくるのだ。その感触に、今でも慣れることができない。

「ん？」

「う……うるさいな！　成功報酬だ！　それでいいだろ！」

「……ま、しょーがねーかな」

将為は肩を竦め、ミミもとに唇を寄せてきた。

「くすぐったいって！　ふたりしかいないのに、ひそひそ話する必要があるのかよ？」

「まあまあ、気分だって。――こういうのはどうよ？」

そして囁く。

「なるほど……！」

作戦を聞いて、燐紗は思わず膝を打った。色恋沙汰に長けた男ならではの創案だった。

「さすが、伊達に遊んでないよな」

「ひと聞きの悪い。こう見えてもけっこう一途なのに」

という将為の軽口を聞き流す。

「でも、そんなに上手くいくかな？　それに、都合のいいじん材がいるかどうか……」

「そりゃあもう。お兄様の幅広いじん脈に任せなさいって」

（幅広いじん脈ね……）

それはつまり、元カノとかそういうことなのではないだろうか。

などと考えてしまう燐紗を、将為は怪訝そうな顔で眺めている。

「ん？」

「……いや。ただ、そちも悪よのう、とか思ってさ」

「ひどいな、おまえのためだって言ってんのに」

と、将為は苦笑した。

3

「護堂くん」

燐紗と灯織、そして柾綱の三にんで教室を出ようとしたところで、女仔生徒に声をかけられた。

「ちょっといいかしら」

声をかけてきたのは、翰林院でも指折りの美少女だった。そして昔、将為とつきあっていたという噂もある。山崎からこっそり教えてもらったことがあった。

(やっぱ元カノか……)

先日囁かれた将為の作戦というのは、つまりこうだ。

柾綱に、他の女性を近づけるのだ。

——しかもとびきり綺麗(きれい)な犬族の仔をさ

というわけで、将為が差し向けたのがこの女性なのだろう。

たしかに、柾綱はくそ真面目だし、女性に免疫などなさそうだ。美女に、しかも自分と同じ犬族の女性にいろっぽく迫られれば、ころっと落ちるかもしれない。

有効な作戦だと思う。

なるほどと思う反面、そうなればなったで、面白くない気持ちもある。

（だってそんなの、見る目なさすぎだろ？）

灯織のほうがずっと可愛いのに。

（俺と同じ顔だけど）

でも造りは同じでも、性格のやさしさが滲み出た灯織の顔のほうが、ずっと可愛いと燐紗は思うのだ。

（まあ、たしかにこのひとも綺麗だけどさ）

今までは、すれ違ったりしてもあまりちゃんと顔を見たことはなかったが、こうしてみるとたしかに美じんだと思う。

美しい巻き毛、おとなっぽくて、しっぽも輝くように艶々として、凛々（りり）しく巻き上がっている。魅力的だと認めざるをえない。

（別にしっぽなんて、俺なんか九本もあるんだからな）

なんとなく張り合うような気持ちになって、燐紗は思った。

（……将為は本当にこのひととつきあってたのかな？　だったら、今俺としてるようなことも、このひとと……）

いや、もっと深いことだって。

深く考えてしまいそうになって、燐紗は無意識に首を振った。

柾綱は足を止め、彼女に問い返した。

「なんでしょう」

話しかたまで、いちいち堅苦しく丁寧だ。

「委員会のことで、打ち合わせしたいことがあるんだけど」

委員会というのは、来月に開かれる運動祭実行委員会のことだ。柾綱は、その新入生委員長に選ばれていた。

入学したばかりで互いのことをよく知らないなりに、互選によって指名されたのだが、柾綱は最初、

――宮様がたのお世話があるので

と固辞しようとし、他の新入生たちもそれじゃあしょうがない、という雰囲気になりかけたのだったが、灯織が、

――特別扱いはよくないよ。せっかく選ばれたんだから

と言ったために、そのまま拝命することになったのだ。

彼女は、その委員長の相方だった。

「じゃあ、俺たちここで待ってるから」

と、燐紗は言った。

「ですが、宮様がたのお傍を離れるのは……」

柾綱は滅多に双仔の傍を離れようとしない。たまに離れても、多くのひと目があって安全なところか、将為たちと一緒のときくらいのものだ。

「大丈夫だよ。委員長の仕事はきちんとしないと」

と、灯織も促す。

「しかし」

「ちょっとのあいだのことだろ。行ってこいよ。彼女困ってるだろ」

柾綱はまだ躊躇(ためら)っていたけれども。

「……すみません。ではすぐに戻りますので」

頭を下げて、教室を出ていった。

「まったく、大袈裟なんだよ。輪林院の中で、まだ生徒もたくさん残ってるんだから大丈夫だっての」

柾綱のそういうところも、仔ども扱いされているようで、燐紗は気に食わないのだった。

けれども灯織はそうではないらしい。

「僕たちのこと、心配してくれてるんじゃないか」

「それが仕事だからな」

「真面目なんだよ」

「そうかもしれないけど、ああいうのは絶対、むっつりすけべなんだからな……！」

「えっ」

「……って、なんでちょっと嬉しそうなんだよ⁉」

「え、別にそんなこと……っ」

灯織は焦った顔で、違う違うと両手を振る。けれどもどちらかといえば、語るに落ちた感じだった。

燐紗はため息をついた。

「……灯織。何か勘違いしてるかもしれないけどな、あいつは務めだから俺たちにくっついてるだけで、特別な気持ちとかあるわけじゃないんだからな？」

「……わかってるよ、そんなこと」

「俺たちが翰林院を卒業したら、あいつも元の海軍兵学校に戻って、そのあとは軍に入って出世もするだろうし、そのころにはきっと同じ犬族の嫁だって」

「わかってるってば！」

灯織はめずらしく、少し大きな声を出した。そのことに自分でもはっとしたようだ。

「わかってるから、心配しないで」

取り繕うように微笑む。けれどもその表情は、どこか陰って見えた。

ほどなくして柾綱は戻ってきたけれども、運動祭が近づくにつれて、彼女の呼び出しは頻繁になっていく。

柾綱は断れず、そのたびに連れていかれた。

それにつれて、灯織の顔は暗くなっていく。

燐紗は、なんだか自分が悪いことをしているような気分だった。

（でも、このほうが灯織のためなんだから）

とはいうものの、自分だけが将為と会うのは後ろめたく、このごろは彼の家にもあまり行かず、なるべく灯織と一緒にいるようになっていた。

（将為は恋びとってわけじゃないけど）

けれども何度も誘いを断るうちには誘われることもなくなって、それが燐紗の胸を締めつける。

（……このまま終わっちゃうのかもな……）

とも思う。

（そうなったら、そのほうがいいのかも）

あまり近づいたら、別れが辛くなる。今だって——いや、こんなことになる前だって、十分辛いだろうと思っていたのだから。

（傷が浅いうちに。俺も——灯織も）

「それにしても遅いな。何やってるんだろうな？」

いつものように呼び出されていった柾綱は、なかなか戻ってこなかった。

燐紗と灯織は、運動祭のための手仕事をしながら、中庭の木陰に腰掛けて彼を待っていた。

燐紗は赤玉を、灯織は白玉をつくっている。これまで針など持ったこともなかったから、最初はまったくまともな縫い目にならなかったが、このごろはようやく少し慣れた。

（まあ赤玉のほうでよかったけど。汚しても目立たないし）

こと裁縫に関しては、灯織のほうがだいぶましなようだ。灯織の手は遅いが丁寧で、少なくとも燐紗の玉のように、荒い縫い目から豆がこぼれ落ちたりしない。

「……打ち合わせに決まってるだろ」

「そうだけどさ」

灯織がふと顔を上げた。そしてめずらしくやや険しい目で周囲を見回す。

「……どうかした？」

「ううん、……ちょっと視線を感じた気がして」

「そんなのいつものことだろ」

「そうなんだけど……」

九尾狐王家から来た双仔の王仔というだけでもめずらしいのに、ふたりとも九尾なのだ。特に後ろから見ると十八本のしっぽがもふもふと揺れているのが、たまらなく可愛らしいと評判だった。

今も女仔生徒のひそやかな囁きが、聞こえてきているくらいなのだ。

（本当は可愛いより格好いいって言って欲しいけどな）

と、燐紗は贅沢（ぜいたく）なことを思う。

「なんかちょっと嫌な感じがしたから……」

「嫌な感じって？」

「ねっとりしたっていうか……」

灯織の言う「感じ」は、燐紗にはよくわからなかった。もともと周囲の悪意には灯織のほうが敏感なのだ。燐紗にはそういう一種の霊感のようなものは、ほとんどなかった。

「柾綱もこのまえそんなこと言ってたし、ちょっと気をつけたほうがいいかも」

また柾綱か、と燐紗は正直少しうんざりした。このごろ灯織の話題はそればかりだったからだ。

「――あ、痛っ！」

よけいなことを考えながら縫っていると、運針がどうしても疎か(おろそ)になり、燐紗は針で自分の指を刺してしまった。

その痛みに、思わず縫いかけの赤玉を落としてしまう。中の小豆(あずき)が零れて、緩い傾斜をころころと転がった。

「あっ……」

燐紗は立ち上がり、追いかけた。

その先で、男仔生徒が屈(かが)んで、燐紗がこぼした小豆を拾ってくれていた。

「すみません……っ」

「どういたしまして」

男は立ち上がったかと思うと、燐紗の手を握った。無礼な振る舞いに――というよりは、生理的な嫌悪感に、思わず声をあげそうになった。ふれかたは恭しかったが、燐紗が反射的に振りほどこうとしても、放してはくれなかった。

男は燐紗の手を両手で包み込むようにして、集めた小豆を渡してくれる。

「宮様のお役に立ててさいわいです」

「あ……」

お礼を言わなければと思ったけれども、気持ち悪さのあまり声にならなかった。手を撫でまわされ、凍りついて動けない。見ず知らずの相手に、こんなふうになれなれしくさわられたのは初めてのことだった。

「思ったとおり、白雪姫のようにしなやかな肌ですね。いつまでもふれていたくなる」

今にも頬擦りをしそうなくらい顔を近づけて、男はうっとりと語った。そしてふと呟く。

「おや、血が」

「ひっ――」

男は先刻針で刺した傷に気づいたようだった。そこへ唇を寄せてきた。燐紗は固まったまま息を呑み、ぎゅっと目を閉じた。

その瞬間、男の手がふいに離れた。

「何やってんの、うちの宮様に」

(将為……っ!)

降ってきた声にはっと顔を上げれば、将為が男の首根っこを摑み、燐紗から引き剝がしていた。

「今度りんの前に姿を現したら、半殺しにするからな」

燐紗は将為のこんな低い声を聞いたことがなかった。

将為は男を睨めつけ、思いきり頭突きを食らわせると、放り出した。男は一目散に逃げていった。

将為はため息をつき、燐紗に向き直る。

「大丈夫か？」

燐紗は頷いた。

「ああいう輩は、外には掃いて捨てるほどいるんだからさ。おまえ、自分でも気をつけて、ちゃんと逃げないと――」

上衣の裾をぎゅっと握り締めると、将為は言葉を途切れさせた。

「りん……」

身体が震えた。特に何かされたわけでもないのに、これくらいのことでみっともない。けれど怖かった。気持ちが悪かった。

将為の腕が背中にまわり、そっと抱き寄せてきた。

（ひとに見られる）

そう思ったけれども、離れる気になれなかった。

将為は、ちゃんとたすけに来てくれる。

（いつも――あのときもそうだった）

「燐紗……っ」

灯織が駆け寄ってきたのはそのときだった。

「どうしたの？　さっきのひとはなんだったの、長く喋ってたけど」

灯織からは燐紗の陰になって、何が起こったか見えていなかったらしい。

「なんでもない」

「でも涙目になってるよ」

指摘され、燐紗は慌てて将為から手を離し、目もとを拭った。

「そういや、柾綱は？」

将為がさらりと話題を逸らしてくれた。

「委員会のことで呼ばれてて。もう戻ってくると思うんだけど」

「それにしても遅いんじゃね？　俺、ちょっとようすを見にいってこようか」

「あ……」

校舎のほうへ行こうとする将為を、灯織が引き止めた。

「え？」

「ぼ、僕も行っていい……？」

灯織の言葉に、将為は答える。

「勿論」

ややひとの悪い笑みを浮かべて。

＊

灯織は裁縫道具を片づけ、将為とともに運動祭実行委員会本部へ向かった。結局、燐紗もついてきた。

本部の置かれた教室に着くと、扉は閉まっていたが、窓から中を覗くことはできた。

室内にいたのは、柾綱と彼女ふたりきりだった。

彼女が何かを柾綱に訴える。とても運動会のことについて話しているという雰囲気ではなかった。

（……いったい、何を話して……）

ミミをぴんと、恥ずかしいほど前に向けて欹てても、ほとんど聞こえなかった。

彼女がふいに柾綱の手に自分の手を絡め、彼の身体を引き寄せた。そのまま唇を寄せる。

灯織は思わず息を呑んだ。音を立てて血の気が引いていくのがわかった。

「灯織……」

燐紗が心配そうに声をかけてくる。灯織ははっと我に返った。弾かれたように踵を返し、逃げ出そうとする。

「灯織っっ‼」

「灯織様……っ⁉」

燐紗に次いで、柾綱の声が聞こえた。彼はおそらくは燐紗の声で、見られていたことに気づいたのだ。

教室から飛び出してきた柾綱と灯織のあいだに、燐紗が立ち塞がった。

「ひ……灯織に話しかけるな……！　委員の仕事と偽って、学校であんなふ……ふしだらなことをしておいて……！」

「誤解です……！」

柾綱はめずらしく声を荒らげた。

「宮様がたのお世話を疎かにした挙句のこの為体、お詫びのしようもございません。ですが、ひとこと釈明させていただきたい」

「なんの言い訳？　誰に？　そもそも言い訳しないといけないような仲なわけ？」

「それは……」

「もういいよ。この件はお祖母様に報告して、従者を替えてもらうから」

「燐紗……！」

灯織は思わず遮った。

「……やめて」

「そうはいかないよ！　ちゃんと……」

「柾綱が何したって言うんだよ？　お……女のひとと一緒にいただけで、何も悪いことなんかしてないのに……！」

「じゃあさっきの、灯織はふしだらじゃないと思うの？」

ふしだらなわけではない、と思う。女性のほうから言い寄っていたように見えた。けれどもそれが自分の願望ではないと言い切ることが、灯織にはできない。

「ふしだら、か……」

ふと、柾綱が呟いた。軽く喉で笑う。これまで柾綱がこんなふうに——嘲笑するかのような口調で話すのを、灯織は聞いたことがなかった。

「燐紗様はふしだらではいらっしゃらない、と」

「え……っ」

「たしかに……九尾狐家の皆様からは歓迎されるでしょうね」

唐突な言葉に、燐紗は返事に詰まり、黙り込んだ。灯織にもよく意味がわからなかったが、柾綱が今まで見たこともないような表情を向けているのが燐紗だということに、心がざわつく。たとえどんな意味であったとしてもだ。

「灯織様」

ようやく柾綱は灯織のほうへ向き直った。

「自分は決してふしだらなことなどしてはおりません。色恋沙汰に興味もありませんし、ただこれからも……できれば生涯にわたって宮様がたにお仕えさせていただくことだけが、自分の希望です」

「柾綱……」

色恋沙汰に興味がない、という言葉が、灯織の胸に棘を刺した。あの女性にも興味がないのと同様、灯織にもないということだからだ。

そのことを辛く思う自分に、灯織は驚いた。

（いつのまにか、こんなに好きになっていたなんて）

けれどそれでも柾綱は、自分たちの傍にいたいと言ってくれている。

「信じるよ」

と、灯織はなるべく微笑って言おうとした。

そして燐紗のほうを振り向く。

「お祖母様に報告なんか、しないよね？」

「……」

「もししたら、絶交するから……！」

「ぜ、絶交……!?」

燐紗は蒼ざめる。

こんなことを燐紗に言うのは勿論初めてだった。双仔として生まれて、これまで小さな喧嘩さえほとんどしたことがなかったのに、実際にできるのかどうか。燐紗のことを愛しているし、ほとんど自分自身と言っても過言ではないほどの半身なのに。

けれどもそれくらいの強い思いで、灯織は言った。

4

燐紗は、灯織の言葉にひどい衝撃を受けた。

結局、燐紗は女院に告げ口することはできなかった。

――ごめんね。言いすぎた

――……うん……

灯織はあとで謝ってくれて、一応仲直りはしたけれども、気まずさはまだなんとなく残っている。

その後、柾綱は委員の仕事で頻繁に呼ばれるようなこともなくなり、以前と同じように常にふたりにつき従っている。彼女はもう手を引いたということなのだろう。

柾綱は相変わらず無口だが、ぽつぽつと話しかける灯織に、微かな笑みを返すようになっていた。

それが燐紗には、いちゃいちゃしているように見えて仕方がない。ふたりの接近が、ひどく面白くなかった。

「全然だめじゃん。柾綱、女なんかには全然目もくれなかった」

　あの日、あのまま将為に持ち帰られて以来、燐紗はまた彼の部屋を訪れるようになっていた。

（離れたほうがいいって思ってたんじゃなかったのかよ）

　自分で自分に突っ込まずにはいられないけれども、ほっとしているのは否定できなかった。

「色男ならではの作戦も、たいしたことなかったな」

「おまえにも責任の一端はあると思うぜ」

　寝床に寝そべり、燐紗のしっぽを弄びながら、将為は言った。揺さぶって振り払っても、またいつのまにか弄りはじめる。

「俺に？」

「そう。あのときおまえが大きな声で灯織の名前を呼んだりしなかったら、柾綱も見られてるなんて気づかなくて、女にキスされて、作戦どおり喧嘩別れになってたかもしれないだろ」

「それは……」

　そういう可能性も否定できない。

　あのときの灯織を思い出せば、どっちにしてもいずれは話し合って誤解も解けたのではないかという気はする。けれども燐紗はそれを認めたくなかった。

「……そうかもしれないけど……」

「だったら、約束はアリかな？」

「約束？」

将為はミミ許でごにょごにょと囁く。

——口でやってくれる？

そういえばそんなことを言っていたんだった、と思い出す。途端にかっと顔が火照った。

「な……なしに決まってんだろ！　成功報酬って言っただろ⁉」

「ちぇー。ま、いいか」

ぼやきながら、将為は身を起こした。かと思うと、布団の中にもぐり込んできた。

「ちょ、何やって」

「口でしてやろうと思って。作戦失敗のお詫びにさ」

「い、いいって！　やめろ、あ……！」

ぱくりと咥(くわ)えられると、それだけでぞくぞくぞくっと震えが背中を伝い、しっぽまで震えた。

「あ……あ……っ」

飴(あめ)を舐めるように、口内で転がされる。そんなに小さいわけじゃないのに、と思いながらも、もう抗(あらが)えなかった。

「ぁ……はあ……っん」

腰から蕩けるような快感が広がっていく。口を塞がないと大きな声が出てしまいそうで、燐紗は手で覆った。

「俺しか聞いてないのに」

と、将為は笑う。彼の部屋は銀鏡家の一角を大きく占めていて、燐紗が来ているときはひと払いされているのだ。

とは言っても、燐紗にとっては将為に聞かれるだけで十分すぎるほど恥ずかしかった。

ふとそのとき、脳裏を過(よぎ)った。

(……彼女も、ここに来たことあったのかな……?)

交際していたのなら、あっても不思議はなかった。

(将為は、彼女ともこういうこと、したのかな)

「んん……っ」

燐紗は、思わず腰を引いていた。将為が顔を上げる。

「どうした？　痛かった？」

「……将為」

「ん？」

「彼女とつきあってたのか?」

「なんだよ突然」

「……ちょっと思い出して」

「気になる?」

「……別に。ただ、自分の彼女をよくあんな作戦に使う気になったなって」

「まあ、昔のことだからな。今は普通に友じんとしてつきあってるし。気心が知れてるから頼みやすいんだ」

「……」

(気心が、知れてる)

そういえば、長いつきあいになるけれども、将為に頼みごとをされたことなんて、あっただろうか。

(……ない、ような)

何かあると、むしろ頼む——というか相談を持ちかけるのは、いつも燐紗のほうだった。

将為はそれを、軽口を叩きながら気軽に解決してくれるのだ。

(頼まれたことと言えば、あれくらいで)

——口でやってくれる?

(いや、あんなの「頼まれた」とかじゃないだろ)

けれども他に思い浮かばず、なんだか負けたような気持ちになる。

「……別れた相手と友達づきあいなんて、綺麗ごとすぎて気持ち悪い。普通顔も見たくないもんじゃないのかよ」

「ひとによるんじゃね？」

将為は伸び上がり、燐紗のミミを撫でる。

「おまえは、どっちなんだろうな」

「……さあ、つきあったことないし」

「知ってる」

将為は、別れた相手ともこんなふうに友達づきあいができる。それだけ執着なくあっさりしているということだと思う。

（……たぶん、俺とも）

つきあっているわけではないから、なおさらのことだろう。

お互い歳をとって別のひとと結婚したり、この関係がなくなったりしても、将為とはもとの友じん——親戚づきあいに戻れる。顔も見られないような決裂にはならない、きっと。

そう思うと、少しだけ安心した。

「……なかなかいかないな」

と、将為は言った。会話のほうに気を取られて、あまり身体のほうに集中できていなかったのだ。

将為はぺろりと自分の指を舐めた。

そしてそれを怪訝に思う暇もなく、

「ひっ——!?」

あらぬところにふれられて、燐紗は悲鳴をあげてしまった。

「ちょ、ちょ、どこさわって——」

「尻」

あっさりと将為は口にする。彼の指は、燐紗の後ろの孔にふれているのだった。

「そこはいいって、やめろってば……!」

「まあまあ、こっちのほうが気持ちいいかもよ?」

「よくねーよっ」

「先っぽだけだからさ」

「や……」

孔のまわりをぬるぬるとたどる。燐紗はミミをぺたりと伏せ、全身を震わせた。

「あ、ばっ——」

やがてその指が、つぷりと中へ挿入(はい)ってきた。

「ばかばか挿入(いれ)んなって……!」

「痛くはないだろ?」

たしかに痛くはなかった。けれど違和感はひどい。ほんの指先だけでも、異物が入っている感じがたまらなかった。

「抜けよ……っ」

燐紗はじたばたと必死で訴えたけれども、将為は聞いていない。捻ったり、押したり引いたりしながら、さらに深く挿入していく。

「や、あぁ……っ」

身を捩れば、宥めるように性器を舐られる。力が抜けたところを、また奥へ。

「あ、あ、だめ」

燐紗は無意識に何度も首を振った。

「どう、一本全部入ったけど」

「抜けってば……!」

「気持ちよくない?」

「いいわけないだろ……っ」

「そ?」

指で中を搔かれる。何かで濡らしてあるのか、ぐちゅと音がした。

「あ……!」

将為はじっと燐紗を見つめている。その視線が刺さってくるような気がする。こんなぎらぎらした将為をこれまで見たことがあっただろうか。少し怖かった。

「何見てんだよ……っ」

「いや、……別に」

恥ずかしさに顔を隠す。これまで何度も互いの感じている表情など見てきたのに、ひどく恥ずかしかった。

それなら足蹴にしてでも押し退ければいいものを、身体に力が入らない。

顔を覆う腕が外せない。けれど見なくても、将為の視線を痛いほど感じた。

（何をそんなにガン見してんだよ……っ）

「あ……！」

中の指に腹側のどこかを撫でられた瞬間、身体が跳ねた。

「ここか……男の中にもいいところがあるって山崎が」

（いいところ……？）

さっぱりわからなかった。ただ、そこを指で掻かれると、痺れるような快感が走る。

「それ、や、あ、あ」

「気持ちいい？」

（やだってば……っ）

そう言いたいのに、声にならない。かわりに喘ぎばかりが口をついて出た。将為は性急にもう一本指を増やしてくる。

「あぁあ……っ」

びくん、とまた身体が跳ねた。許可も取らずに二本目まで挿れるなんてひどい。

そう思うのに、下半身はもう溶けてしまいそうになって。

「あん、あ、もう、やだ……っ」

凄く気持ちいいのに、直接的な刺激がないから達することができない。

「将為……っ」

(咥えて)

けれど将為は咥えるかわりに、手を添えてきた。彼の視線はかわらず燐紗の顔にあるのがわかる。腕に遮られ、ほとんど見えないだろうに。

「りん、腕退けて」

燐紗は首を振った。

「ちょっとだけ。そしたらいかせてやるから」

「やだ……っ」

でも、将為はどんな顔をして自分を見ているのだろうと思う。

見てみたい。でもそのためには、燐紗も顔を晒さなければならない。

「うう……」

燐紗はまた首を振る。

「ったく、しょうがねえな」

軽い苦笑を漏らし、将為はまた身を沈める。

根元からきつく吸い上げられ、燐紗は一気に達していた。

終わったあと、燐紗は頭まで布団に潜り込んだ。

あんなところを弄られて、いいようにされてしまった恥ずかしさで、とても顔を出す気になれなかった。

将為が湯を使って戻ってきてもまだ、燐紗は布団をかぶっていた。

わずかにはみ出したミミを将為が軽く引っ張る。

「ごめんな、調子に乗ったというか、夢中になったというか……」

「……夢中？」

その言葉に少しどきりとした。

「おまえ、えらくイイ顔するからさ」

燐紗は布団の中から思いきり蹴りを突き出した。

「痛っ」

（夢中っていうと聞こえがいいよな）

飄々（ひょうひょう）としているようでも、将為にも男として、興奮で見境をなくすことがあるということなのだろうか。

（そもそもどういう流れでこういうことになったんだったっけ？）

燐紗は記憶を遡（さかのぼ）る。

（そうだ……作戦失敗の責任が俺にもあるって話で……いや、ないと思うけど……！）

燐紗は布団から頭を出した。

「お？」

「次の作戦を考えないと」

「ええ？　おまえ、まだ懲りてなかったの」

「一回失敗したくらいで諦めるわけないだろ！　第一、諦めたらふたりの仲を認めたことになるだろ！」

「もうやめとけ。無理だって」

「無理じゃない……！」

燐紗は被毛を逆立てて抗議したけれども、将為は笑う。

「そんなことよりさ、次の休み、山崎んちの別荘に誘われてるんだ。おまえも来るだろ？」

「別荘？」

将為はそこそこ有名な避暑地の名を言った。

近くには将為の家の別荘もあるが、長期休暇というわけでもないので、山崎家に皆で便乗するという。

「あのあたり、今だとまだ寒いんじゃないのか？」

「寒いから、まだ雪遊びができるんだよ」

「いい歳して雪合戦するのかよ」

「池に氷が張ってて、滑れるらしいぜ」

「……え」

ぞわっ……と寒気がした。脳裏を昔の記憶が走馬灯のように過る。

まさか本当に滑るつもりじゃないよな、それは危ないだろう――と、せめて言おうとするのに、言葉が出てこない。

そもそも将為は池に落ちた本にんなのに、怖くないんだろうか？

「それに、灯織ともいつまでも今のままってわけにはいかないだろうし、遠出して気分が変われば仲直りもしやすいんじゃないか？」

「――……」

「りん？」

「あ……うん」

灯織とは喧嘩をしているわけではない。けれども燐紗の中でわだかまりは消えず、気まずい状態は続いていた。将為はそれを気にしてくれていたのだ。

「気が進まない？」

「え……」

勿論、進まないに決まっていた。けれど燐紗が行かなければ、将為はひとりで行ってしまう。

今ごろもしかして池に――などと見えないところで妄想してしまうよりは、近くにいて止めたほうがいい。

「ううん、行く」

と、燐紗は答えた。

よく晴れた日に、車二台に分乗して、山崎の別荘まで行った。

別荘は、本宅にくらべればだいぶこぢんまりとして素朴だが、焦げ茶色の洒落(しゃれ)た造りの洋館だった。まだかなり雪が残る美しい景色によく映えていた。

荷物を下ろしたかと思うと、

「滞在予定も短いことだし」

と、さっそく雪合戦がはじまってしまう。

仔どもっぽい、と最初は馬鹿にしていた燐紗も、結局は夢中になって玉を投げた。宮様であっても、それなりに容赦なくぶつけられてしまうのが、かえって楽しかった。

途中から籤(くじ)で組分けをして対戦したが、柾綱の海兵仕込みの采配は、やはり見事だった。わざと将為を狙い撃ちして、指揮できないようにしたのはちょっとずるいと思うけれども、勝負だから仕方がない。灯織がぽうっとなっていたことにもむかついたのだが、格好よかったのは否定できなかった。

勝負は最終的に、柾綱側が勝利をおさめた。

童心に返り、しっぽまでびしょ濡れになって遊んだあとは、一度部屋に帰って風呂に入った。

侍従がいないので、ひさしぶりに灯織と一緒に入り、しっぽを交代で洗いあい、乾かしあった。お互いひとりではどうしようもなかったからだ。

こうしてふれあって毛づくろいをしていると、特別な話をしなくても、なんとなく心まで近づいていくような気がする。

気を使って仲直りさせようとしてくれた将為に、燐紗は密かに感謝した。

やがてとっぷりと日が暮れたころ、別荘番が用意してくれた夕食をとった。

地元のものをふんだんに使った料理で、熱々の鮎の塩焼きは頬が落ちるほど絶品だった。

山崎家は猫族なので、魚主体の料理が多いらしい。燐紗は猫のような母の血を引いているせいか、鶏肉や稲荷寿司の次に魚が好きなのだ。

夜は、チップを賭けてカードゲームをした。

楽しくて、いつまでも遊んでいたかったけれど、やはり慣れない移動で疲れていたのだろう。灯織ともたれあって、いつのまにかつい船を漕ぎはじめてしまう。

「宮様、宮様」

呼びかける声が遠く聞こえたが、しっぽで返事をするしかできなかった。王仔としては、ややはしたない振る舞いだ。

「ふふ、同じ動きしてる」

「ああ。お可愛らしいな」

どうやら灯織もしっぽだけ振っているらしい。

「お部屋へ運ぶか」

「俺が」

「いや、俺が」

「じゃあ籤で決めるっていうのは——うわっ、怖い顔すんなよ。わかってるって、冗談冗談」

ふわりと抱え上げられる。

「眠ってても、どっちが弟宮様かわかるんだな」

忍び笑いが聞こえて、遠ざかっていく。

記憶があるのはここまでで、気がついたら次の日の朝になっていた。というか、起きたらほとんど昼だった。

このところあまり眠れていなかったのと、疲労とが相まって、本当にぐっすり眠ってしまったようだ。

他の皆はすでにまた雪合戦をはじめており、今回はだいぶ作戦を考えたのか、将為側も善戦している。

「起こしてくれればよかったのに……！」

「よく眠ってるから、寝かしておいてやれって将為が」

燐紗も慌てて加わった。

(これなら、池の氷を滑るなんて言い出さないかもしれないな)

楽しげに雪合戦をする仲間たちを眺めて、そう思ったのもつかの間。

昼食を終えると、彼らは別荘の裏にある池へと向かったのだ。昨日の雪辱を晴らしたかっただけで、今日も雪合戦で終えるつもりはないらしい。

燐紗は止めたかったが、どうすればいいかわからなかった。

「あの……今ごろはもう氷が薄いから、危ないいんじゃ……？」

と言っても、

「大丈夫ですよ。うちでは毎年、もっとあとの時期でも滑ってるくらいですから」

と返されてしまう。

家主が言うのだから、理性的に考えれば大丈夫なのかもしれない。それでも燐紗は怖かった。理屈ではなかった。

引きずられるように裏へ行くと、湖のような広い池に、綺麗な氷が張っていた。美しくて、ぞっとするくらいだった。

「や……やめろよ、危ないって」

燐紗は将為の袖を摑んだ。

「大丈夫だって。もう仔どもじゃないんだから」

仔どものころ、池に落ちたという記憶は一応あるらしい。なのに少しも怖いとは思っていないのか、山崎が貸してくれる靴を受け取りに行こうとする。

「将為……っ」

呼びかけたつもりだったが、声になっていなかった。

氷面に太陽が反射して、くらりと眩暈を覚える。

「燐紗っ……！」

「りん……っ？」

意識を失う瞬間、自分を呼ぶ灯織と将為の声が聞こえた気がした。


「……気がついた……？」

目を覚ますと、燐紗は別荘の自分たちの部屋の寝台に寝かされ、灯織が覗き込んでいた。

「倒れたんだよ。覚えてる？」

「なんとなく……」

「将為がここまで運んでくれて……今、追加の薪をもらいに行ってくれてるけど。……大丈夫？　具合の悪いところない？」

「大丈夫」

「いきなり倒れるから、びっくりしたんだよ」

「ごめん……」

倒れたのはたぶん、精神的なものだ。将為を氷の上に乗せたくなかった。引き止めたいあまり、どこかが焼き切れたのだ。

そんなふうになるなんて、自分でも思わなかった。

ため息が零れた。

「……燐紗、もしかして……」

灯織が躊躇いがちに唇をひらいた。

「何？」

「昔、将為がうちの池に落ちて死にかけたことがあったよね」

その言葉だけで、ぎゅっと心臓が縮み上がるような気がした。

「あのときのこと、思い出したんじゃない？」

「違う」

燐紗がそう答えても、灯織はもう悟ってしまっているようだった。双仔として、否も応もなく伝わることが、ふたりのあいだにはある。

「……本当は、燐紗は俺と柾綱のこと、味方してくれるんじゃないかって思ってたんだ。身分とか種族とか、そんなに気にしないんじゃないかって」

と、灯織は言った。

「でも違った。……燐紗が俺と柾綱のこと、反対するのってもしかして……」

「ちが……」

コンコン、と扉を叩く音がしたのは、そのときだった。

続いて、返事を待つこともなく、扉を開く。将為だった。彼は燐紗の顔を見て、あからさまにほっとしたような顔をした。

「気がついたのか。よかった……」

「将為……」

「どこか苦しいとこ、ないか？」

灯織と同じことを聞く。大丈夫、と燐紗は同じように答えた。

灯織はあとを将為に任せて、入れ替わりに出ていった。気を遣ってくれたのかもしれない。

「いったいどうしたんだよ？　まだ疲れが残ってるのか？」

将為は傍の椅子に腰掛ける。

「たぶん……遠出なんて滅多にしないから」

本当は、疲労で倒れたわけではないと思うけれども。

「そういえば、灯織とも仲直りできたみたいだな」

「まあ……もともと喧嘩してたってわけじゃなかったんだけど……」

「よかったじゃん」

「……うん」

将為が持ってきた薪を足してくれて、部屋はいっそうあたたかくなった。

「もっと焼べたほうがいいか？　寒くない？」

「大丈夫」

「おまえ、もふもふだもんな」

「そっちこそ。昨日はずいぶん雪まみれになってたけど」

「うるせーよ」

昨日柾綱にしてやられたことを当て擦ると、将為は寝台に飛び込んできた。燐紗の髪をミミごとくしゃくしゃに撫でまわす。目が合って笑う。

布団の中は、ふたりと十本のしっぽであふれんばかりになっていた。

「……ぬくいな」

「ふふん。しっぽ九本あると違うだろ」

「夏は暑そうだけどな。――痛たっ、こら……！」

燐紗は将為の臑を蹴飛ばし、舌を出す。将為はため息をついた。

「ま、十分元気になったみたいだな。……おまえが倒れたときは、心臓が止まるかと思ったけど」

「うん……」

ただ意識をなくしただけでそうなら、本当に死にかけたときはどうだったか、少しはわかってもらえるだろうか。

「……滑った？」

「それどころじゃなかった」

その答えを聞いて、燐紗はほっとした。

将為のしっぽをぎゅっと抱き締める。みっしりと生えた被毛には、それを押し返してくるほどの弾力がある。

「めずらしいな」

「……やっぱりちょっと寒いんだよ」

そう言われると急に気恥ずかしくなって、それでも放しがたくて、手の中でしっぽを弄ぶ。

「太いなあ……」

「立派だろ」

「二本ぶんくらいありそうだよな」

いっそ二本になればいいのに。

これ一本で、二百年生きられる……ということにはならないだろうか。真ん中から二つに裂けば……？

（猫又じゃあるまいし）

猫族には極希にしっぽが二本に裂けて、二百年生きる者がいるという。だが、狐族でそんな話は聞いたことがなかった。

「痛てっ」

ひっぱったり曲げたりしていると、ついに将為が声を上げた。

「おまえさっきから何やってんの？」

「いや……これ太いから、縦に裂けないかと思って」

「裂けるわけないだろ。太いのは骨じゃないんだからさ」

結局もふもふとしているのは、主に被毛の部分なのだ。

「だよな……」

一本しかないしっぽが二本になるなんて、普通はありえないことだ。生まれつきの寿命が変わる、なんて。

「……そういえば、新しい作戦を考えたんだ」

と、燐紗は言った。

「なんの？」

「あのふたりを引き離す作戦」

「おま、まだやるつもりだったのかよ。せっかく仲直りできたって言ったばかりだろ」

「……それはそれ、これはこれなんだよ」

「そうはいかないだろうよ……」

将為はため息をついた。

彼の言うことはわかる。灯織からはきっと恨まれる。でも、こうすることが結局は灯織のためなのだ。

「どういう作戦だって？」

「柾綱が彼女に靡かなかったのは、灯織に懸想してるからだろ。だったら、俺が灯織になりすまして、誘惑すればいい」

「は……？　おまえが⁉」

将為は呆れたような声をあげた。

「万が一でも、本当に襲われたらどうすんだよ⁉」

「万が一ってなんだよ、失礼な。そのためにやってるんだからな。もともと灯織にそっくりなんだから、ちょっと演技すればきっとあいつも騙されると思うんだ。それで誘いに乗ってきたら、大声でたすけを呼ぶ。主じんに手を出そうとしたって知れたら、随身はお役御免になるだろ」

「あくどいこと考えるねぇ」

「前の作戦を考えたおまえに言われたくないんだけど？」

「あれはどっちかっていうと、おまえを諦めさせるつもりだったんだよ。柾綱はどうせ引っかからないと思ったし」

その言葉は、燐紗には衝撃だった。将為は自分のために、協力してくれたんだと思っていたのに。

「……ひどい。信じてたのに……！」

「悪かったな」

と、将為は言った。

「けど、もうやめとけよ。灯織の邪魔をするのは」

「邪魔って、そんな言いかた……っ」

たしかに邪魔ではあるけれども。

「俺は灯織のためを思って……っ。だって、お……お祖母様がおゆるしになるわけないし、ふさわしくない相手に入れ込むのは、灯織のためにならないだろ……！」

「それは灯織が自分で決めることだろ。灯織だって、もう翰林院に入るくらいのおとななんだから」

「で、でも、お添い臥しは実際にはやってないんだから……！」

些細(ささい)なことのような気がしながら、燐紗は主張した。

「あれもな……経験するにしろ逃げるにしろ、本当は灯織が自分で立ち向かうべきことだったんだよ。まあ協力した俺が言うことじゃないけどな」

本当に、どの口が、と燐紗は思った。

「どっちにしても、おまえの出る幕じゃないんだよ」

「そんなの、灯織が傷つくってわかってるのに放っておけって言うのかよっ」

「灯織の恋は灯織のものだろ。第一、おまえ俺とこういうことしてんのに、灯織のことは邪魔するのかよ」

「――それは……」

それは燐紗自身も後ろめたく感じていたことではあった。

「……こういうふうには会わないほうがいいのかもって、思ったりもしたんだけど……」

「ああ、そう」

将為の声が、ひどく低くなった。

「灯織が柾綱を諦めるなら、おまえも俺と別れてもいいって？　そんなに灯織が大事？」

今まで聞いたこともないような冷たさを帯びて、怖かった。燐紗はぞくりと自分で自分を抱きしめる。

「まあ……そうだよな。灯織が柾綱と会わずにいたあいだ、おまえも俺のところに来ようとしなかったもんな。――おまえにとっての俺は、その程度のものってわけだ」

「ちが……っ」

突然、なぜそんな話になるのか、燐紗にはわからなかった。

「昔からおまえと灯織のあいだには、入り込めない何かがあると思ってた。双仔だから……片割れだから切っても切れない絆があるんだとは思ってたけど……もしかしておまえ、灯織が好きなの？　恋愛感情って意味で？　九尾の仔としかつきあわないって前に言ってたよな。あれはもしかして灯織のことだったのか？」

「――っそんなわけないだろ……‼」

あまりに予想外の問いだったから、つい一瞬詰まってしまう。

「だいたい別れるとか別れないとか……俺たちそういうのじゃないだろ……？　お添い臥しのときのあれが、なんとなくずるずる続いちゃっただけで……」

「だったらこれは遊びなわけだ」

囁きながら、軽く唇を合わせてくる。こんな意地悪なキスは初めてだった。

この関係は、燐紗にとってというより、将為にとって遊びだったのではなかったのか。彼は燐紗のことを、弟分として可愛いと思ってくれているだろうが、身体にふれるのは、どちらかといえば友情の延長線のようなものなのだったのではないのか。

「だったら、別にかまわないんだよな？　俺が他の誰かとつきあっても。たとえば元彼女とよりを戻しても」

「――っ……」

以前見た犬族の女性の美しい顔が瞼に浮かんだ。

(いやだ)

想像するだけでも胸が灼けるようだった。けれども燐紗はそれを口にすることができない。

黙り込む燐紗を、将為は苛立ったように敷布に押しつけた。

「や……っ」

燐紗は涙目になる。

(いつもの将為じゃない)

将為は昔から、なんだかんだと言っても可愛がってくれた。滅多に怒ったりもしなかったし、遊んでくれて、我儘を聞いてくれて、いろんなことを教えてくれて——仔どものころから、ずっと。燐紗にとっては兄のようなものでもあったのだ。

(なのに)

怖くなって逃げようとする。けれどもすぐに引き戻された。りぼんを解いて袴を剝かれ、後孔にふれられる。

「……もうだいぶ慣れてきたよな」

燐紗は首を振った。将為の本気を感じ取って、声が出なかった。

枕許に出しっぱなしになっていた、しっぽを手入れするための油をたっぷりと手に垂らし、将為は後ろを探ってきた。

「や……」

燐紗は身を竦めた。

けれども窄(すぼ)まりをやわやわと揉み込まれれば、そこで得る快感を知った身体は勝手に綻(ほころ)んでしまう。

「あ、あ……っ」

ひくひくと震えはじめたそこに、指が挿(さ)し込まれた。

「んぁ……っ」

油を足しながら、何度も出し入れされる。指はすぐに二本になり、三本になった。いつもより強引なやり口に、苦しいはずなのに、それ以上の快感を覚えた。

「あっ、あっ、あっ——」

押し出されるような声が止まらなかった。

腹側のひどく感じるところを何度も擦られる。それはいつもと同じはずだけれど、どこか違う。

愛撫されているというより、道をつけられている気がしたからだ。

「やだ、あ、や、それ……っ」

腰が自然と浮き上がる。ふれられたこともないのに、指の届かないもっと深いところがぞわりと疼きだす。

「あぁ……っ」

前のほうまですっかり勃ちあがり、蜜を零しはじめていた。いつものように、中の悦いところを押しながら吸ってくれたら、すぐにでも達してしまう。

けれども将為はそうしなかった。

指が引き抜かれ、そこへ別のものが宛がわれる。なかば朦朧としかけていた燐紗は、その熱さに息を呑んだ。

「や……っ」

燐紗は身を捩って逃げようとした。

「だめだってば、孕んだらどうするんだよ……っ‼」

必死で訴えたのに、将為は鼻で笑った。

「はっ、万々歳だな。――そのときは結婚しよう」

「何、言って……っ」

結婚をなんだと思っているのか。

燐紗がどんなに押しのけようとしても、将為の身体はびくともしなかった。本当はこんなにも力の差があったのだと思い知る。

「あ……あああ……ッ‼」

脚を抱えられ、抗う術もなく貫かれる。たっぷりと濡らされた孔は、それを拒むこともできなかった。ただずぶずぶと受け入れていくばかりだ。

「……挿入った」

将為の呟きに、燐紗はひくりとしゃくりあげた。

「痛……いっ、……抜いて……」

「だめ」

容赦なく将為は言った。

「それに、気持ちよくなるから」

彼が突き上げると、ずちゅ……と淫らな音がした。中のやわらかいところを太いもので奥まで擦られる。

「や……あ……っ」

指でされるのを何倍にも増幅したような刺激が突き抜けてきた。

「あぁ……っ」

注挿は次第に速くなり、深くなっていった。

「ああ……っ、あっ、あっ、や、ああっ」

(嘘……っ)

と、燐紗は思った。将為の言ったとおりになったからだ。

（……気持ちいい、なんて）

深く抉ってくる欲望を、肉襞が包んで放さない。それどころか、自ら絡みついていくのがわかる。

顔を見られたくなくて、腕で顔を隠す。けれども今度は容赦なく剝がされた。

見上げれば、上気した雄の顔があった。いつもと同じようで、瞳の色が全然違う。

（怖い……でも、やらしい）

行き場を失った手で、燐紗は無意識に将為の袖を握りしめていた。

5

休みが明け、運動祭の日が近づくにつれ、準備のほうも忙しくなった。

燐紗と灯織も玉入れの玉をつくったり、ぽんぽんをつくったり、さまざまな飾りつけの道具をつくったりして、遅くまで居残った。作業は大変だが、同じ新入生の友じんたちと作業をしていると、なんとなく一体感が味わえるのは悪くなかった。

――なりません！　九尾狐家の宮様がたが夜遅くまで居残りになるなど！

――なりません！　九尾狐家の宮様がたが針をお持ちになるなど、危険です！

などと、柾綱は最初はいちいちうるさかったが、諦めて監視することにしたようだ。

ふたりが残っている以上、柾綱もともに残っている。新入生の運動祭委員は資材調達を主に担当していて、進行するにつれて仕事が減っていくから、最初の割り振りが終わってからはやや暇なようだった。大きな身体でちくちくと針を動かしているさまは、妙に愛嬌（あいきょう）があった。

灯織はそんな柾綱とよく額を寄せ合うようにして喋っている。縫いかたを教えたりしているだけなのだが、燐紗はやはり気になってしかたがなかった。このままだと、ふたりは本当に恋びと同士になってしまうのではないかと。

（……阻止しないと）

将為はきっと怒るだろう。

というか、今すでに怒っているのだ。同じ翰林院に通っていながら、喋るどころか顔を合わせることさえほとんどないのは、そういうことだと思う。今までしょっちゅう会っていたのは、将為のほうからそれだけ燐紗たちをかまってくれていたからだ。それがなければ、そうそう上級生との接触などないのだと思い知った。

生徒会は運動祭の運営にも深く携わっているため忙しいのもあるのだろうが、

（……俺に会いたくないんだ）

あんなことをされて、本当は怒っていいのはこっちのはずだった。

けれども会えないとたまらなく寂しくて、燐紗は怒り続けていることができなくなっていた。もしかして、ずっとこのまま仲直りできないのかもしれないと思うと、たまらなく恐ろしかった。

——おまえにとっての俺は、その程度のものってわけだ

（違う）

——だったらこれは遊びなわけだ

——別にかまわないんだよな？　俺が他の誰かとつきあっても。たとえば元彼女とよりを戻しても

想像しただけで、ぎゅうっと押し潰されるように胸が痛む。将為に他の誰かを愛して欲しくない。

だが、それは辛いけれど、彼が死ぬことにくらべれば、燐紗にとってずっとましなことでもあるのだ。

（……いつまでも一緒にいられるわけじゃないから）

少しでも早く——傷が浅いうちに離れたほうがいいのかもしれないと思う。

（これ以上、好きにならないうちに）

やがて運動祭当日になった。

舞い散る紙吹雪(かみふぶき)を見上げ、燐紗は立ち尽くす。

「雪のようだね」

と、声をかけてきたのは、兄の煌紀だった。彼は九尾狐家からお忍びで、妻の桃羽とともに見に来てくれた。

「はい」

ふと、また昔のことを思い出しかけていたことに気づいて、燐紗ははっと我に返った。

「ありがとうございます、兄上、義兄上も。本当にいらしていただけるとは思いませんでした」

「ありがとうございます」

と、灯織も一緒に頭を下げる。

「こういう機会でもないと、なかなか出られないしね」

九尾を持つ煌紀は、それだけでもとても目立つ。そのうえこのごろは、公務で民の前に姿を現すことも増えて顔を知られてもいるし、警備の関係上、安易な外出は憚られる身の上だった。

それは灯織や燐紗も同じようなものなのだが、神仔宮の長仔よりはだいぶ存在が軽いのと、まだ学生だからなにかと大目に見られていた。

燐紗は最初のほうの障害物競走に、灯織は午前中最後の玉入れに出ることが決まっていたが、それ以外にも応援部長を務めることになっていた。

袴を纏い、ぽんぽんを振りながら、灯織は白組の、燐紗は紅組の先頭に立って応援をするのだ。

普通は上級生が務めるものだし、もっと強面のほうが適役ではないかと思うのだが、可愛い宮様が応援してくれたほうが士気が上がるからと押し切られた。

（まあいいけど）

組旗を背景に、

「ふれーふれー紅組！」

と声を張り上げるのは、同じ紅組の先輩がやってくれる。ちなみにこの「ふれー」というのはドラゴネア語で激励をあらわす言葉だそうだ。

と、灯織に言ったら、

――え？　奮い立てって意味の『ふるえー！』が鈍（なま）ったって聞いたけどという別の説を教えられた。

――誰に
――柾綱
――ああ、そ
「ふれーふれー紅組！」

燐紗はほどほどに声を出しながら、両手に持ったぽんぽんを振る。

運動場を挟んだ向かいの応援席では、同じことを灯織がやっていた。少し恥ずかしそうだが、九本のしっぽも一緒に揺れて、とても豪華だ。

自分の種目のときは、応援を代わってもらって出場した。

燐紗は顔を小麦粉で真っ白にし、網にしっぽを取られながらもなんとか一番になって、面目を保った。

灯織の出番のときは、兄夫婦と一緒に見物した。

おっとりした性格ながら、九本の尻尾を振りながら、必死になって玉を投げているのが可愛らしい。

(あ……)

ふと、玉入れをやっている向こうに、本部で実行委員長と話している将為の姿を見つけた。

(……元気そう)

頑張っている灯織から逸れて、つい彼を目で追ってしまう。このごろは見かけることさえ少なくなっていたから、それだけでもなんだか込み上げてくるものがある。

そんな燐紗の視線に、煌紀も気づいたのだろうか。

「そういえば、将為、このごろ遊びに来ないみたいだな」

と、彼は言った。

「喧嘩でもした?」

どきりと心臓が音を立てる。

「……。…………」

何か答えようとして、燐紗は何も言えなかった。けれども煌紀にはわかってしまったのかもしれない。

「……昔、将為がうちの池で溺れかけたことがあったな」

ふいに彼は言った。他のにん間からその話をされただけで、燐紗の胸はたまらなく苦しくなった。

「あのときのことを、今でもたまに思い出すんだ。俺はおまえによけいなことを言ってしまったんじゃないかと……」

「兄上……」

——こんなに小さいのに……

自分で自分のしっぽを切ろうとした燐紗に、煌紀は言った。

——こんなことをしても無駄なんだよ

「あれは、九尾の宿命の話だった。仔狐にするような話じゃなかった。はっきりした言いかたで言ったわけじゃなかったが……おまえには伝わってしまったんだろう？　おまえは仔どものころから聡かったから」

「……」

「あれから、あんなに大好きだった将為から、おまえが距離を置こうとしているように見えた。まだほんの仔どもだったのに、……俺のせいで」

「兄上」

燐紗は煌紀の言葉を遮った。

「せい、といえばそうかもしれませんが……俺はあのときの兄上に感謝しているんです」

煌紀は、九尾の現実を教えてくれたのだ。

何も考えずにあのまま将為のことを大好きでいたら、そしてもっともっと大好きになっていたら、どれほど離れるのが辛くなっていたか。

だが、煌紀は言った。

「あのとき言ったことは、間違っていたかもしれない」

「兄上……っ」

「たとえ辛くても、誰かを愛することは喜びだから」

おまえにも知って欲しい……と、彼が敢えて言葉にしなかったところまで、燐紗は聞こえた気がした。

（……今さらそんなこと）

「……義兄上と出会ったからですか」

「ああ」

「じゃあ、もしその先に……」

桃羽は煌紀より何百年も早く死んでしまう。それを口に出すことは燐紗にはできなかった。

「……そのときが来ても、同じことが言えますか」

「ああ」

煌紀は桃羽の手をぎゅっと握って答えた。燐紗の中を、なぜだか怒りが突き抜けた。

「あ……兄上は経験したことがないから……！」

実際に相手が死の淵をさまよう、その地獄を。

「そうだな。そうかもしれない」

煌紀は否定しなかった。

今は考えが変わったとしても、燐紗の苦しみは、やはり煌紀自身のものでもあるからなのだろう。

会話はそこで途切れた。

やがて昼になると、煌紀と桃羽は公務のために帰っていった。

昼休みには、煌紀たちが重箱をいくつも重ねた豪華なお弁当を差し入れに残していってくれたので、大勢に振る舞って、みんなで食べた。

けれども将為は顔を出さないままだった。

午後の競技は騎馬戦からはじまった。

この花形競技には、将為も柾綱も参戦している。将為が灯織と同じ白組、柾綱が燐紗と同じ紅組だ。

務めだから柾綱を応援しなければならないが、燐紗としてはあまり気が乗らなかった。そのせいか、将為が柾綱からハチマキを奪った瞬間、敵にもかかわらず、思わず歓声を上げてしまった。

将為が目をまるくして振り向き、燐紗ははっと目を逸らす。

「将為が好きなのはわかるけど、俺たち紅組ですからね?」

などと山崎たちに揶揄(からか)われ、燐紗は赤面した。

「そ、そういうわけじゃ……っ、ただ、つい……」

柾綱を応援したくないあまりのことだ。将為が好きとかじゃなくて。

「将為とまだ仲直りしてないんでしょう?」

と、山崎は言った。

「何があったか知らないけど、ゆるしてやってください。あいつ、すっかり参ってるから」

怒っているのはむしろ将為なのに。けれど彼も平気なわけではないのだと知って、燐紗は少し嬉しかった。

そして怪我の功名というか、燐紗は灯織と入れ替わる方法を思いついた。これまでどうしても考えに集中できなくて、いい案が浮かばなかったのだ。

燐紗は灯織を呼び出して、ミミ打ちした。

「このあとの継走、柾綱を応援したくない？」

ひとり目が校庭を一周、ふたり目が二周、という具合に四にん目まで倍々で走る距離が増えていく最終種目は、騎馬戦と並ぶ運動祭の花形だ。これに柾綱は最終走者として出場が決まっていた。

「えっ？」

と問い返してくる灯織の頰が赤く染まる。そんな恥じらいが、燐紗は面白くない。

「でも、柾綱は紅組だから……」

「だからさ、俺と入れ替わっちゃえばいいんだよ」

「ええっ？」

灯織は声を上げた。

「でも……」

「どうせバレやしないって。こんなにそっくりなんだから」

にこりと燐紗は微笑む。

灯織は、ふいに間の抜けたことを言い出した。

「もしかして燐紗、将為を応援したいの？」

「えっ？」

そんなつもりは全然なかった。なのに、頬が熱くなる。

たしかに将為も継走に出場が決まっていた。しかも柾綱と同じ最終走者だ。ふたりとも能力が高く拮抗(きっこう)しているので、対戦相手として当たりやすいのだ。

「な、なんで俺が……っ、俺は別に将為となんて何も……っ」

「隠さなくてもいいって」

にこにこと灯織は笑う。

「別荘で喧嘩したのかなって思ってたんだけど、仲直りしたんだ？」

「別に、そ……」

「さっきも紅組なのに将為のこと応援しちゃってたもんね」

「あれは……っ」

白組にいてもわかるほど目立っていたのだろうか。そう思うといたたまれない。

「そういうことなら協力してあげる」

「いやだから、違……」

「ひとつ前の競技が終わったら、こっそり入れ替わろ？」

違うのに、と燐紗は言いたかった。

だが、このまま誤解させておけば、灯織は入れ替わりに同意してくれる。

結局、葛藤の末、燐紗は口を噤んだ。

燐紗はひと気のない空き教室で灯織と会い、こっそりとハチマキを交換した。

髪を整え、鏡に写して見ると、顔かたちからミミやしっぽまで今さらながらそっくりだ。騙されない者などいないだろう。

「将為、喜ぶと思うよ。燐紗が僕と入れ替わってまで応援してくれてると知ったら」

と、灯織は言った。

「……そんなことないと思う」

第一、入れ替わっていることに気づくかどうか。

（いや……さっきは気づいたっぽくもあったけど……。でも紅組のほうから歓声が上がったから驚いただけかもしれないし）

「喧嘩してても、やっぱり燐紗は将為のこと好きなんだね」

「……っ、灯織……っ」

「じゃあ、またあとでね」

灯織と別れ、白組の応援席のほうへ向かう。

「おかえり、宮様」

「ただいま」

燐紗はしおらしく、灯織を真似て微笑んだ。

白組応援団の面々は、まるで入れ替わりに気づいていないようだ。やはり見分けがつくのは、せいぜい家族くらいのものなのだ。

(よし……！)

パン！　という鉄砲の音とともに、第一走者が出走する。

燐紗は灯織のぽんぽんを握り、振り回した。やや先行する紅組に、先刻までのくせでつい歓声をあげてしまいそうになり、慌てて口を噤む。

(気をつけないと)

しかも灯織のふりをするのなら、控えめに振る舞わなければならない。燐紗はぽんぽんの振りを小さくする。

正面を見れば、灯織も紅組で上手くやっているようだ。目が合って、灯織にしては派手にぽんぽんを振って合図する。燐紗のふりをしているつもりなのだろう。燐紗はつい小さく笑った。

第三走者が出走し、三周目を終えると、最終第四走者が位置につく。将為も柾綱もいた。

ふと、将為が顔を上げ、紅組応援席を見た。灯織が燐紗のふりで、応えるようにぽんぽんを突き出す。

(いや、でも俺そんなふうにはしゃいだりしないって!)

はたから見ればそう見えるのだろうか。

(もうおとななんだから、もっと落ち着かないと)

将為は白組応援席を振り向く。彼は訝しげな表情をしていた。燐紗は思わず目を逸らした。

(気づかれた?)

いやそんなはずはないけど。

(こんなに遠目なんだし)

将為が白組応援席の女仔たちに向けて投げキスをすれば、彼女たちは黄色い悲鳴をあげた。

そのにん気に、燐紗は苛つく。神聖な運動祭をなんだと思っているのかと思う。

けれどもそんなことに引っかかっている暇もさほどなく、四周目を終えた第三走者に代わり、第四走者が走り出した。

柾綱の少し後ろを、将為が追う。

「行け――！　走れ――‼」

白組の応援席は最高潮の盛り上がりだった。燐紗も一緒になって声をあげた。

抜きそうで抜けない接戦が続く。

「将為――‼」

喧嘩していることも忘れ、夢中になって叫んだ声が、まるで聞こえたかのようだった。

将為が柾綱を抜き去り、張られた白い布を切って決勝点に走り込む。その瞬間の将為はたまらなく格好よかった。

「わあ……っ‼」

燐紗は近くにいた白組の者たちと抱き合って喜んだ。

灯織と入れ替わっていてよかったのかもしれなかった。紅組にいて、うっかり素で将為を応援してしまっていたら、だいぶ気まずいことになっていただろう。

表彰式を見たあと、燐紗はさりげなく白組応援席を離れ、空き教室へ向かった。

そこに来るよう、柾綱に灯織の名前で密かに書きつけをことづけてあったのだ。

ひと気がないとはいえ、廊下を少し行けば運動祭実行委員会の控え室がある。計画にはうってつけの場所だった。

「灯織様……？」

やってきた柾綱が、逆光に目を眇める。

「どうなさったんです、こんなところで」

「ちょっと話したいことがあって」

「なんでしょう」

流れの持っていきかたを、あまり突っ込んで考えてはいなかった。切り出しかたに迷いながら、燐紗は柾綱に近づいた。

「……今日、凄くかっこよかったよ」

燐紗は柾綱を見上げた。それは一応、悔しいが本心ではあった。

「ありがとうございます」

続きの言葉に迷う。悩むあまり、燐紗は柾綱にぎゅっと抱きついた。

「……おまえが好きなんだ」

唐突な告白に、びくりと柾綱の身体が震えた。

「……お戯れを」

「戯言(ざれごと)なんかじゃない、本気なんだ」

顔を上げれば、柾綱は愛(いと)おしげな瞳で燐紗を見下ろしている。完全に灯織だと思っているのだ。

罪もない男を騙すことに、罪悪感がないと言ったら嘘になる。灯織との仲を裂きたいだけで、多少小うるさくて煙たいところはあっても、本当は柾綱のことが嫌いなわけではないのだ。短いつきあいでも、忠誠心のある誠実な男だということはわかっていた。

(……だめだ、今こんなことを考えたら)

心が鈍ってしまう。

燐紗はすべてを振り払おうとした。

「お……僕のこと、どう思ってる?」

「ゆるされる限り、いつまでもお守りさせていただきたい大切な主だと思っています」

「そうじゃなくて……!」

おっと、灯織は滅多にこんなふうに声を荒らげない。

「……僕を柾綱の恋びとにして欲しいんだ」

「……灯織様」

「だめ?」

柾綱の瞳が少し翳った気がした。好きな相手から告白されて、嬉しくはないのだろうか。

「頷けば、本当に自分の恋びとになってくださるのですか」

燐紗は頷いた。

「希めば、自分のもとに降嫁してくださると?　たとえ誰に反対されても、身ひとつでも」

「僕でよければ、喜んで」

柾綱は、ふっと笑った。けれどその笑みはやさしげなようで、どこか自嘲的なようにも見えた。

彼は静かに告げた。

「やめましょう、燐紗様」

「え……っ？」

今、なんて？

「何言って……僕は」

「燐紗様でしょう？　……髪に、白い粉が」

燐紗ははっと自分の髪にふれた。指についた小麦粉は、たしかに午前中の競技に出場したときのものだ。

「そんなものがなくても、すぐにわかりましたけれどね。あなたが思うほど、おふたりは似てはいない」

「……いつから……？」

柾綱は、目の前にいるのが灯織でないことに、気づいていたのだろうか。

「あなたがこの教室に入っていらしたときから。……いや、あなたが白組の応援席に、灯織様が紅組の応援席に……入れ替わっていらしたときから」

「だったらどうして……！」

騙されたふりなんかしたのかと思う。

「あまりにもおふたりがそっくりだからです」

と、柾綱は答えた。

「灯織様に言われているような気持ちになって、ミミを傾けずにはいられなかった」

ああ、この男はやはり灯織のことが好きなのだ、と燐紗は思った。だからふたりの見分けもついたのだ。あんなにやさしい瞳で燐紗を見つめていたのも、すべて燐紗の中に灯織を見ていたからだった。

「どういうつもりでこんな真似をなさったのか存じませんが……おそらく私と灯織様を引き離したかったのでしょう？」

「……」

「燐紗様が自分を気に入らないのも道理……自分には身分もなく、狐族でさえないのですから。将為様とは違ってね。釣り合わない身分だということはわきまえております。ご心配にはおよびません」

「……灯織に手を出すつもりはないと？」

「誓って」

「絶対に？」

「しっぽにかけて誓います」

柾綱が灯織を諦めてくれるなら、それで万々歳なのだ。にもかかわらず、燐紗はひどく納得できない気持ちになった。

「灯織のこと、好きなんじゃないのかよ……！」

「最初に九尾狐家の宮様がたをお守りするよう申しつけられたときは、高貴なかたの我儘に振り回されるつまらない役目だと思いました。ですが灯織様にお仕えするうち、そんな考えはどんどん変わっていった」

「じゃあ……」

「けれどしあわせにできるわけもないおかたを、どうしてお慕いすることができましょう。考えたこともございません」

「柾綱……」

本当は何度も、何度も考えただろうに。

けれども彼は最初からすべてをあきらめているのだ。灯織のためを思って身を引くつもりなのだ。身分や種族が違うからだ。

――本当は、燐紗は俺と柾綱のこと、味方してくれるんじゃないかって思ってたんだ

灯織の科白がなぜだかミミに蘇った。

（身分や種族のことなら、反対なんてしていなかったのに……！）

柾綱は燐紗を自分から引き剝がした。

「あなたも早くご自分の持ち場に戻られたほうがいい。こんなところを誰かに見られて、あらぬ噂でも立てられては……」

彼の視線が、ふと背後に逸れたのは、そのときだった。燐紗はそれを追って振り向き、息を呑んだ。

「灯織……」

扉の傍に灯織が立っていた。

「燐紗……何してるの……？」

「——別に、何も……」

「どうして抱きあってるの」

「だ……抱きあってなんか……」

正確には燐紗が抱きついていたのだが、灯織にはどう見えたのだろう。どっちに見えたほうがましなのかさえ、咄嗟に燐紗にはわからなかった。

灯織は踵を返し、空き教室から飛び出した。

「灯織様っ!!」

柾綱はそれを追いかける。燐紗も追おうとして、足を止めた。扉の外に、将為が立っていたからだ。

「将為……」

顔を見た途端、なぜだか泣きたくなった。

「なんでいるんだよ……っ」

「どうしてだと思う?」

将為は将為なりに気にして、探してくれたのだろうか。じわりと涙が浮きそうになるのを堪える。

「作戦を実行するとしたら今日じゃないかとは思ってたんだ。ハチマキを交換するのなんて一番簡単な変装だし、灯織にも持ちかけやすかっただろ。継走のとき、おまえたちが入れ替わってるのに気づいて、捜した」

その途中でたまたま灯織と会い、一緒に行動するうち、ここを見つけたのだと将為は言った。

「ちょうどおまえが、灯織のことを好きじゃないのかと柾綱を責めてるところだった。作戦のことも何も知らない灯織は、誤解しただろうな」

「誤解って……」

「柾綱はおまえと抱きあってて、灯織のことを好きじゃないって言ったんだぜ?」

つまり燐紗が灯織を裏切って、柾綱とつきあっているとでも思った? だからふたりの仲に反対した、と?

「……灯織を傷つけたかもしれない」

「かもじゃないだろ。今さら何言ってるんだよ」

「き……嫌われたらどうしよう……っ」

ずっと一緒だったのに。

ぼろぼろと涙がこぼれた。

将為はため息をついた。

「だからよせって言ったのに」

灯織のためだと思ったのだ。灯織が傷つかないように。それなのに。

「でも、これで柾綱は灯織を諦めるって誓ったんだし、気が済んだだろ?」

たしかに問題は解決した。

なのに、満足したと言えないのはどうして?

「そろそろ戻れよ。閉会式がはじまる」

燐紗は頷いた。将為に背中を押されて教室を出る。

閉会式の進行を務める将為とは途中で別れ、一般生徒たちのいる校庭へと向かった。

そのときふと、廊下の窓から見える公園の深い森に、柾綱の姿が見え隠れしていることに気づいた。

「あ……柾綱」

輸林院の裏にあるとはいえ、塀を越えた敷地外だ。

（なぜあんなところに……灯織は？）

彼は灯織を追って飛び出したはずだ。まだ見つけていないのだろうか。燐紗は心配になってくる。

狐族は比較的足が速いが、灯織自身はさほどでもない。将為といい勝負をした柾綱が追いつけないほどではないはずなのに。

（……ってことは、……灯織はもしかして『飛んで』逃げた？）

燐紗が『眠』の術を使えるように、灯織は『翔』の術を使える。燐紗の術は仔どもだましだが、灯織の力はそれにくらべればかなり大きかった。翰林院の塀を越え、外へ出ることぐらいは容易にできただろう。だが、術は安易に使うものではない。

燐紗は状況を聞きたくて、柾綱のところへ向かった。飛べないので、塀をまわって公園の森へ行く。

「柾綱……！」

「燐紗様！」

柾綱は今度も一目で燐紗を見分けた。

「灯織は？」

「それが……塀を跳び越えて逃げてしまわれて」

「やっぱり……。それで公園のほうに？」

「私が塀を越えて追ったときにはもうお姿がありませんでしたが、おそらく。今、灯織様の匂いをたどろうとしているんですが……」

そんなことができるのは、さすが犬族だと思う。

「それで、どっちに行ったかわかった？」

柾綱は首を振った。

「そのあとも何度か飛ばれたようで、匂いが途切れているのです」

(灯織……)

そんなにも傷つけてしまったのだろうか。燐紗は灯織の気持ちを思い、動揺した。

「……手分けして探そう。俺はこっちへ行くから、おまえは向こうを頼む」

「おひとりでは危険です。翰林院へお戻りください」

(そんなこと言ってるあいだに、灯織に何かあったらどうするんだよ……!?)

喉まで出かかった言葉を、燐紗は呑み込んだ。柾綱が燐紗の提案を呑むわけがないからだ。

「……わかったよ」

学校へ戻るふりで、柾綱と別れた。

だが、燐紗は戻らなかった。

灯織を捜して、公園の森を歩き回る。いくらもしないうちに、ふと燐紗は灯織の気配を感じた。

微かなそれを逃さないように走り出す。

(たぶんこっち)

深い森の中へ駆け込み、小川を飛び越えて必死で走る。灯織の悲鳴が聞こえる気がしたからだ。

(灯織が危険な目に遭ってる——急がないと!)

そして公園の反対側の裏道にたどり着いた瞬間、燐紗は灯織を見つけた。灯織は大柄なひとりの男に捕まり、後ろから羽交い締めにされていた。

「灯織……!!」

燐紗は必死に叫び、駆け寄った。

灯織も燐紗に気づいたが、口を塞がれていて声をあげられないようだった。

燐紗は灯織を捕まえていた男の背後からしがみつき、引き剝がそうとした。けれども男はびくともしない。周囲を見回したが、武器になりそうなものは何もなく、かわりに男の腕に思い切り嚙みつく。

「痛……!　お放しください、宮様……っ」

死んでも放すものかと思った。

だがそのとき、一台の自動車が目の前まで来て止まった。中から別の男が飛び降りてくる。

かと思うと、男は燐紗の頭に向かって、何か工具のようなものを振り下ろした。

その瞬間、燐紗の意識は途切れた。

6

燭台（しょくだい）がぼんやりと室内を照らす。

目を覚ましたとき、燐紗は雑然と日用品などの積まれた、薄暗い物置部屋のようなところにいた。窓はなく、向こう側の壁のほうに重そうな扉が見える。

（ここは……地下室？）

そんな雰囲気を感じ取り、頭が割れるように痛む中、記憶をたぐった。

（そうだ、灯織……！）

はっと身を起こそうとして、痛みに再び倒れ込む。

「んん、んんんん……っ」

呻（うめ）くような声が聞こえた。

「灯織……っ」

燐紗はそう口にしたつもりだったが、声は出てはいなかった。

傍に転がされていた灯織も、燐紗自身も狐轡（きつねぐつわ）を噛まされ、手足を縛られていたのだ。

（そうだ……あのとき車でやってきたもうひとりの男に殴られて、気を失ったんだ）

計画性はあまり感じられないから、誘拐に成功したのはおそらく偶然が大きかったのだろうか。

あのふたりは灯織を見つけ、拐おうとしたのだろう。ひとりが拘束しておいて、もうひとりが車を持ってくる。そこへ現れた燐紗も、これさいわいと一緒に連れてきたということか。

灯織は視線で、

——ごめん、巻き込んで

と訴えてくる。燐紗は首を振った。謝るのはこっちのほうだ。

喋れないなりに少しでも気持ちを伝えようと、燐紗は灯織のほうへじわじわとにじり寄った。

階段を降りる足音が微かに聞こえてきたのは、そのときだった。ふたりははっと視線を向ける。

扉が開き、姿を現したのは、先刻の男のうちのひとりだった。

「おっと……もう目が覚めたんですか」

その男の顔には、どこか以前にも見覚えがあった。

（……誰だっけ）

少し考えて、思い出す。

(そうだ、あのときの……!)

いつだったか、燐紗が玉入れの玉を縫っていて小豆を零したときに拾ってくれた男だ。

──宮様のお役に立ててさいわいです

同時に手を握られたときの感触まで蘇ってきて、ぞっとした。

──思ったとおり、白雪姫のようにしなやかな肌ですね。いつまでもふれていたくなる

「んんー! んんんん……っ」

縄を解け、と訴えたつもりだったが、呻き声にしかならなかった。けれども意図は伝わったようだ。

男は燐紗の狐轡を外してくれた。

ほっと息をついたものの、喜んではいられなかった。こんなにあっさり口を解放してくれたということは、おそらく叫んでも声が漏れない場所だということだからだ。

「な……なんでこんなことするんだよ……っ、今すぐ解放しないと、父上に──」

「言いつけて罰してもらいますか? どうやって?」

「……──」

そう……ここから出られない限りは、父に訴えることさえできないのだ。燐紗は唇を噛み締めた。

「……ここはどこなんだよ」

「威能家——俺の屋敷の地下室ですよ。察していらっしゃるようだけど、叫んでも外には聞こえませんから」

(威能家……)

名門だ。

明白な証拠でもあれば別だが、九尾狐王家といえども簡単には手出しができない。

そして名前まであっさり喋るということは、生きて帰す気がまったくないということでもあった。

(こんなことになるなんて)

——なりません、おひとりで出歩かれるのは危険です……!

そんなことばかり言っている柾綱の心配を、大袈裟だと軽視している部分があったことを、燐紗は大きく悔やんだ。

「……どうしてこんなこと……。身代金でも取るつもりなのか？」

「まさか。さすがにそんなことをして捕まらずに済むとは思いませんよ」

たしかに、受け渡しを無事に終えるのは至難の業だろう。そこに警察が待ち構えているかもしれないからだ。

威能は燐紗の頬に手をふれてくる。その瞬間、全身に前以上の悪寒が走った。

「目当ては、あなたがたご自身ですよ」

「お……俺たち自身……」

「ええ、そうです」

反射的に後ずさろうとしたが、しっぽが後ろの棚につっかえてしまう。

「大変ですね。しっぽがこんなにも豪華だというのも」

ふふ、と彼は笑った。そしてしっぽの一本を無造作に摑んでくる。

「あなたは兄宮様のほうですか？　それとも弟宮様のほうですか……？」

「放せ……っ！」

燐紗はその手をどけさせようと、必死でしっぽを揺らす。けれども威能の手はびくともしなかった。

「思ったとおり、すばらしい毛並みだ……こんなにも艶々としているのにやわらかくて、腰があって……」

威能はしっぽに頰擦りしてきた。両手に持ったしっぽで顔を挟み、うっとりとした表情で何度も何度も擦りつける。そして長い舌を出し、ねっとりと舐めた。

「ひ……っ」

燐紗は激しい嫌悪感に悲鳴をあげそうになった。

（気持ち悪い……!!）

あまりの気持ち悪さに固まってしまう。

「んんー！　んん――ッ!!」

灯織が抗議の声をあげてくれたが、むしろ彼を喜ばせるだけだった。彼はいやらしい笑みを浮かべていった。

「あとでたっぷり可愛がってあげますから。こちらの宮様が済んだらね」

燐紗のしっぽを舐めまわし、咥えて甘噛みしたりを繰り返す。しっぽは見るも無惨にどろどろになっていった。

そして息を荒らげた男は、自らのものをズボンから取り出した。それは激しく反り返り、すでに硬くなっていた。

燐紗は自分たちがこれから何をされようとしているかを突きつけられ、悍ましさに気が遠くなった。

（罰が当たったんだ……杻綱に襲われたふりなんかしようとしたから）

男は燐紗の濡れたしっぽを二本一緒に鷲摑みにすると、そのあいだに自身のモノを差し込み、抜き差ししはじめた。

「やめろぉ……!!　無礼者……っ!!」

燐紗はしっぽを振り回したが、それは男を喜ばせるばかりだった。彼はいっそう息を荒らげ、動きを速めた。

（将為……っ！）

もうひとりの男が地下室に現れたのは、そんなときだった。

「おまえ何変態みたいなことやってんの」

男は威能に声をかけた。

「だってたまんないだろ、このしっぽ」

「俺は普通に凌辱するほうが燃えるけどな」

そう言ったかと思うと、傍に転がされたままだった灯織の上に覆いかぶさる。

「こっちの宮様は、俺が可愛がってあげますよ」

「んん——‼」

——燐紗……っ

心の中で名を呼ばれたのがわかった。

「灯織っ‼」

（灯織を守らないと……！）

そう思うと、少しだけ冷静になれた。

とにかく身動きが取れるようにならないと。燐紗は威能がしっぽに夢中になっているのをさいわい、手首の縄を解こうとした。

もともとしろうとが縛ったもので、さほどきつくはない。動かすと緩んで余裕が生まれ、結び目にかろうじて指が届いた。

(もうちょっと……)

必死で爪を引っかける。

(解けた……！)

次の瞬間、燐紗は男の額を目がけて頭突きし、目を覗き込んだ。

「痛っ、何……」

(眠れ！)

その瞬間、威能がくずおれた。

もうひとりの男は、仲間が眠らされたことに気づかず、灯織の袴を脱がせようとしている。燐紗は横から思いきり体当たりした。

「うわ……!!」

ふいを突かれ、男が吹っ飛んだ。

「んん……っ」

燐紗は大急ぎで灯織の手首と足首の縄を解いた。

(早くしないと)

だが、燐紗が自分の足首に取りかかる前に、男が戻ってきてしまう。彼は燐紗を灯織から引き離した。

「舐めた真似しやがって……！」

燐紗は逆に相手に組みつき、動きを封じた。

――燐紗っ‼

「逃げて！」

――でも
「逃げて助けを呼んできて！」

躊躇いながらも、灯織が駆け出す。それを追おうとする男に、燐紗は必死でしがみついた。

眠らせたはずの威能が目を覚ましたのは、そんなときだった。

（嘘……）

燐紗の術はもともとそれほど強くはなく、九尾狐家とどこかで血縁があるような高位の貴族には効きにくい傾向があった。

（でも、こんなにすぐに切れるなんて……！）

彼はぎらぎらした瞳で燐紗を見つめた。

「術にまでかけていただけるとは……。あれが『術』ってものなんでしょう」

「この変態……っ‼」

こんなときなのに、燐紗は罵らずにはいられなかった。けれどもそれは相手をさらに喜ばせるばかりだったようだ。瞳の光が更に増す。

「そんなこと言ってる場合じゃないだろ……！　そっちをしっかり縛りなおせ！　逃げたほうをすぐ捕まえないと」

もうひとりの男は叫び、地下室を飛び出していった。

足首を解く暇がないままの燐紗を、威能は再び押し倒した。燐紗は必死で押しのけようとしたが、両手を再度縛られてしまう。

床に這わされ、袴を剝ぎ取られる。

「あ……！」

しっぽを無理矢理しっぽ穴から抜き出すときにひどい痛みが走り、被毛が舞い散った。

「ああ……痛かったですか？　可哀想に」

袴の下に纏っていた着物を捲り上げ、威能はその下に潜り込んだ。

かと思うと、しっぽの付け根から尻の孔までを舐めまわす。

「ひっ――」

将為以外の男にふれられたことなど、これまで一度もなかった。

（気持ち悪い）

燐紗はぎゅっと瞼を閉じて、闇雲にしっぽを暴れさせる。将為のときは、全然こんなんじゃなかったのに。

威能がふいに叫んだ。

「……こんなところに傷が……！」

しっぽの付け根の傷に気づいたようだった。

「誰がやったんです、尊いお身体を傷物にしたのは……！」

「知るかよ、放せ……‼　将為……っ」

「りんっ‼」

そのとき燐紗の名を呼ぶ声がミミを打った。

「将為……っ⁉」

はっと目を開けると、扉から飛び込んでくる将為の姿があった。

「将為……‼」

顔を見た瞬間、泣きたくなった。灯織がたすけを呼んでくれたのだろうか。こんなにも早く？

着物の中から威能が頭を出したかと思うと、後ろから燐紗を抱きすくめた。喉もとに小刀を突きつける。

燐紗は息を呑んだ。

「来るな‼」

暴れて逃げようにも、手足を縛られ、刃物を突きつけられている状態では身動きがとれなかった。せめて男の目を見ることができれば一瞬でも眠らせることができるのに、警戒しているのか、彼はもう決して燐紗の顔を見ようとしない。

「──燐紗を放せ」

将為は低く言った。

「こんなことをして、逃げ切れるとでも思ってるのか？」

「逃げ切るだって？」

威能は鼻で笑った。

「誰が逃げるって言った？　大切なものはここにあるっていうのに、なぜ逃げる必要がある？」

（え……？）

頬擦りされ、また嫌悪感にしっぽの毛を逆立てながら、燐紗はその言葉の意味を直感した。

（──まさか）

威能は傍にあった灯油缶を蹴り倒した。燐紗は息を呑んだ。油が床に流れ、ふたりを囲むように川をつくる。

威能は口許にいやな笑みを張りつけながら、燐紗に小刀を突きつけているのと逆の手で、燭台を摑もうとした。

彼の意識がわずかに小刀から逸れる。

その一瞬の隙を突いて、将為が飛び込んできた。威能の手を掴み、そのまま投げ飛ばす。威能は油に乗って、部屋の隅まですべっていった。

「りん……っ」

将為は燐紗の手足を縛った縄を解いてくれた。燐紗は思わず彼に抱きついていた。

「き……来てくれると思わなかった……っ」

「……馬鹿」

そして彼の肩越しに、威能が再び燭台に手を伸ばすのが見えた。

「将為……っ‼」

「ここで一緒に死にましょう、宮様」

将為が振り向いたのと、威能が燭台を油の川に向けて投げ込んだのが、ほとんど同時だった。

炎が燃え上がる。すでに油にまみれていた威能自身にも火は燃え移っていた。凄絶(せいぜつ)な光景に、燐紗は言葉もなく立ち尽くす。

「りんっ！」

しっかりしろ、と声をかけられ、ようやく正気を取り戻した。

頭からばさっと重い布をかぶせられた。地下室にあった旧(ふる)い絨毯(じゅうたん)のようだった。ふたりで一緒にそれにくるまって、出口へと向かう。

けれども扉は開かなかった。

「あっはははは……！」

炎の中から哄笑が聞こえた。

「くそ……っ、いつのまに鍵を……！」

煙は部屋に充満し、炎はすでにふたりに届こうとしている。

将為は扉に体当たりした。何度も繰り返すが、重い扉はびくともしなかった。何か使えそうなものはないかと見回すけれども、扉を破れそうな道具は見当たらない。いっそ扉を焼いてしまえば――と考えたときだった。

――扉から離れろ……‼

外から微かに声が聞こえた。

（柾綱……！）

燐紗は将為にかばわれ、一緒に脇へ避ける。大きな音が響き、扉が斧で打ち破られた。

「早く……！」

柾綱に促され、階段を駆け上がろうとした。けれども威能が最後の力を振り絞って燐紗に襲いかかってきた。

「ひっ――」

思わずあげた悲鳴に、将為が振り向く。

「りん……‼」

将為は燐紗と威能のあいだに飛び込んできた。抱きつくかたちになった威能の炎が将為の服に燃え移る。

「将為……っ‼」

燐紗は悲鳴をあげた。

将為は抱きついてくる威能を引き剝がし、床へ投げ飛ばす。そのときにはもうしっぽまで燃え上がっていた。

膝を突く将為の上に、立てかけてあった角材のようなものが倒れかかってきた。

「将為‼」

燐紗は駆け寄ろうとしたが、柾綱に腕を摑んで止められた。

「放せ……っ、将為……っ‼」

柾綱は燐紗を背で阻み、将為の上から角材を退ける。そして旧い絨毯を何度も将為に叩きつけて消火した。

そしてどうにか鎮火すると、彼を肩に担いだ。

「燐紗様、お早く……！」

燐紗は柾綱のあとについて階段を駆け上がった。

7

「将為っ、将為……っ‼」

将為は車に乗せられ、銀鏡家のかかりつけの病院へと運び込まれた。

――大丈夫だから

と言う将為は、顔や身体にも火傷(やけど)を負っていて、とても大丈夫だとは思えなかった。燐紗は取り縋ろうとしたが、医師たちの手で引き剝がされた。

将為は、そして柾綱も、治療室で治療を受けた。

燐紗は灯織とともに、長いあいだ外で待っていた。

昼間の柾綱とのことが気になっていないはずはないのに、灯織は震える燐紗をずっと抱き締めていてくれた。

将為が池に落ちた日のことを思い出す。あのときもこんなふうにして、灯織と一緒に待っていた。

(……またこんなことになるなんて)

（どうしよう……将為がもし……もしも）

「……大丈夫だよ」

燐紗の考えていることが伝わったかのように、灯織は言った。

（……そのときは、……俺も）

「燐紗、大丈夫だから」

灯織は燐紗の手をぎゅっと握り締めてきた。燐紗もまたその手を縋るように握り返す。

将為が一命を取り留めたとわかったときは、崩れ落ちるほどほっとした。

病室へ入ると、将為は眠っていた。ミミや顔まで包帯を巻かれていて、ひどく痛々しかった。

（将為……）

しばらく、燐紗ひとりで傍についていた。将為ほどではないが柾綱も火傷を負っていて、灯織はそちらへつき添っていた。

顔を見ているだけで、ぼろぼろと涙が零れた。

やがてやってきた将為の両親は、燐紗の泣きはらした顔を見て絶句した。

「まあ……燐紗」

将為の母は燐紗にハンカチーフを握らせ、少し休んで食事をしてくるように言った。

燐紗はひとり食堂へ向かった。

（あ……）

その途中で、柾綱の病室の前を通った。

扉が少し開いていて、燐紗はふと足を止める。柾綱は寝台に起き上がっていて、元気そうなことにほっとした。

声をかけようとしたとき、ふいに灯織のぽつりとした呟きが聞こえた。

「……あのとき燐紗と……抱きあってたよね」

燐紗は出るに出られなくなり、立ち尽くす。

「あれは」

柾綱は、燐紗が抱きついてきたのだと言おうとしたのだろうか。だが、彼は言わなかった。

「……はい」

どうして言わなかったのか、燐紗にはわかる気がした。

灯織とはどうせ一緒になれるわけではないのだ。それなら燐紗とのことを誤解させ、距離を置いたほうがいい。

柾綱はそう考えたのではないかと思う。

「身分の違いはわきまえていながら、我慢できずにあのような行為に及んでしまいました。ゆるされることではありません」

灯織が手を握り締める。

「……あれが燐紗じゃなくて僕だったとしても、同じことをした？」

「……、………」

柾綱が口を開きかけ、黙り込んだ。

「燐紗が好きなの？」

柾綱はどう答えるのだろう。燐紗のことを、彼が本当はなんとも思っていないことはわかっていた。

彼は言った。

「灯織様には関係のないことです」

「――そうだね」

灯織はふらりと立ち上がった。

「……お水もらってくるね」

病室を出て、扉の傍にいた燐紗にも気づかずに、脇を通り抜けていく。燐紗はそのあとを追った。

「灯織……っ」

はっとして、灯織は足を止めた。瞳に涙を浮かべて燐紗を見て、そのまま立ち去ろうとする。

（俺……何やってるんだろう）

柾綱とのことを反対していたのは、灯織を悲しい目に遭わせたくなかったからだ。なのに今、灯織を泣かせているのは自分なのだ。

（でも……）

どうしたらいいかわからないまま、燐紗は灯織の手を摑んだ。

「ち……違うんだ……っ」

「違う……？」

「さっきの……柾綱と……一緒にいたときのこと。……あのとき俺、灯織のふりをしてたんだ」

「僕のふり……!?」

灯織は目をまるくした。

「どうしてそんなこと？」

「ふたりを、別れさせたくて」

そしてそれはこのままいけば成功するのかもしれないのに。

「え……っ」

灯織はしばし言葉を失った。

「……燐紗が、僕が柾綱と親しくするのに反対なのはわかってたけど……」

それとこれとがどう結びつくのかは、わからないようだった。

「っていうか、燐紗は柾綱と……？」

「つきあってるのかっていうことなら、つきあってないし、特別な感情も持ってない。……灯織は、柾綱のことが好きなんだろ？」

「……」

灯織は小さく頷いた。

「そのことに気づいたから、俺は柾綱が灯織に近づけなくなるようにしたかった。……柾綱も灯織のことが好きなんだと思ったから……灯織のふりをして誘惑すれば、すぐに乗ってくると思ったんだ」

自分の汚い計画を灯織に話すのは、ひどく辛かった。灯織に嫌われ、軽蔑されるかもしれないと思うとたまらなかった。でも、黙ったままでいてはいけないと思う。

「……それで」

「乗ってきたら、大声で騒ぎ立ててやるつもりだった。護衛すべき相手に襲いかかったなんてことになったら、絶対馘首になるだろうから」

「燐紗……！」

灯織は声をあげた。

「そんなことして……っ、役目を下ろされるだけじゃ済まないかもしれないんだよ!? 処罰されたり、噂が回って将来にも影響があったりしたら……！」

「ごめん……！」

今となっては後悔していた。いくら灯織のためを思っていたとしても浅はかだった。ゆるされる手段ではなかった。――いや、そもそも灯織の恋を邪魔すること自体が、ゆるされることなのかどうか。

――もう、やめとけ。灯織の邪魔をするのはさ

将為の言葉がミミに蘇る。

――灯織だって、もう翰林院に入るくらいのおとななんだから。おまえの出る幕じゃないんだよ

――そんなの、灯織が傷つくってわかってるのに放っておけって言うのかよっ

――灯織の恋は灯織のものだろ

「そんなことまで考えるほど、僕たちのことが気に入らなかった？　どうして？　やっぱり柾綱のことが」

「それはないから、本当に」

「……前に、柾綱は燐紗のことが好きなんじゃないかと思ったことがあるんだ」

「え？」

「運動祭委員の彼女と……キスしそうになったあと、燐紗のこと、見たこともないような

目で見てたから……ふしだらがどうのとかって」

「あれは……っ、柾綱が嫉妬してたんだと思う」

「嫉妬？」

「将為とだと、反対するひとがいないから。身分も、種族も……」

「じゃあ、やっぱり種族や身分が違うから燐紗は反対してるの？　お祖母様が反対するから？」

「……それもある。お祖母様は強硬に反対するだろうし、種族が違えば仔どもを持つこともできない」

けれど仔どもを持てたほうがいいのかどうかということも、燐紗にはわからなかった。九尾の仔などそうそう生まれるものではないし、一尾の仔どもはいくら可愛がっても先に死んでしまう。それにもし九尾の仔が生まれたとしてさえ、その仔にも同じ苦しみを背負わせることになるのだ。それを是とできるかどうか。

「でもそれより何より、灯織がきっと悲しい思いをすると思ったから」

「僕が……？　……あ、柾綱が燐紗のことが好きだから、僕が失恋すると思って……？」

「まさか」

ふたりの仲を裂くには、そう思わせておいたほうがいいのだろうけれど。

「柾綱は、最初から俺が灯織じゃないことに気づいてたよ」

──いつから……？

──あなたがこの教室に入っていらしたときから。……いや、あなたが白組の応援席に、灯織様が紅組の応援席に……入れ替わっていらしたときから

──だったらどうして……！

──灯織様に言われているような気持ちになって、ミミを傾けずにはいられなかった

「柾綱は、あまりにも俺が灯織にそっくりだったから、俺の中に灯織を見てたって言ったよ。あいつは、灯織のことが好きなんだと思う。……だけど、身分も種族も違うから諦めるって言ってた。しあわせにできないからって」

「そんな……！」

灯織は声をあげた。

「身分も種族もどうだっていい、ただ柾綱が傍にいてくれたら──」

「俺も別れたほうがいいと思う」

燐紗は灯織の言葉を遮った。

「燐紗……！」

「身分や種族っていうより、寿命が全然違うんだよ……！　そのこと、灯織はちゃんと考えたことある？　柾綱は俺たちよりずっとずっと、何百年も先に死んじゃうひとなんだよ……！」

「そんなこと言ったら、ほとんどのひとは九尾じゃないじゃないか」

「そうだよ、だから最初から誰のことも好きになったりしないで、俺とふたりでいればいいじゃん、ずっと……！」

燐紗は灯織の両手を握り締めて訴えた。

「……無理だよ、そんなの。九百年も、誰のことも好きにならずにいるなんて、そんなことできるって本当に思ってるの？」

「で……できるよ、俺は！　灯織がいてくれたら……！」

けれども灯織は首を振った。

「兄弟と恋びとは違うよ。……それに、もう好きになっちゃったんだから……」

「灯織はわかってない……！　好きなひとが死ぬってどういうことなのか……‼」

燐紗だって、本当はわかってなどいないのだ。けれどその入り口を覗いただけでもあんなにも怖くて辛かったのに。

あれが現実になったら。

「燐紗……やっぱりあのときのことが忘れられないんだね。……将為が、池で溺れて……」

燐紗は激しく首を振った。けれども顔を上げることはできなかった。

「……でも、そういうふうに思うってことは、もう将為のこと、好きだってことじゃないの？　さっきだって」

「俺のことはいいだろ……！　とにかく俺は好きにならないから……！　今は灯織のことを話してるんだろ‼　あとで絶対、辛い思いをするんだから……！」

「……たしかにそうかもしれないね」

灯織にやっと思いが伝わったのかと燐紗は顔を上げた。けれども灯織は、きっぱりと言った。

「でも、僕のことは放っておいて」

「灯織……」

その表情を見たら、燐紗は何も言えなくなった。灯織はもう覚悟しているのだ。いつかどんな辛い未来が待っていても、柾綱とともに生きたい、と。燐紗が何を言っても、揺らぐことはない。

「どんなに苦しくても、全部自分で引き受けるから」

そしてやんわりと、だが強い力で燐紗の手を引き剝がし、灯織は柾綱の病室へと帰っていった。

燐紗もまた、将為の病室へ戻った。

夜も更けていた。

翌日にも仕事のある将為の両親と再び交代し、彼につき添った。

柾綱は報告のために一度九尾狐家へ戻ることになり、灯織もともない、神仔宮へ帰っていった。

寝台の傍に座り、将為の寝顔を見ていると、十数年前のことが思い出されて、また泣いてしまった。

燐紗をかばって池に落ち、引き上げられたときの将為の真っ白な顔。なかなか息を吹き返さず、このまま本当に死んでしまうのではないかと思って怖くてたまらなかったこと。

今回は大丈夫だとわかっていても、もしかしてという思いが脳裏を過る。思い出に引きずられる。

(どうしよう)

もし、このまま将為が目を覚まさなかったら。

「……っ……」

顔を伏せ、小さくしゃくりあげたとき、ふと頬にふれるものがあった。はっと顔を上げれば、将為の包帯に包まれたてのひらだった。

「何泣いてんだよ」

「将為……っ‼」

金色の瞳を見た瞬間、涙腺が壊れたように涙が零れた。

「だって、ずっと起きないから……‼」

将為は軽く笑った。

「おまえ、怪我は？」

燐紗は首を振る。

「よかった。……もう泣くなよ。大丈夫だから」

「う……」

そのとおりだと思うけれども、なかなか泣きやむことができない。

「でも、火傷の跡は残るかもな。色男が台無しになったらいやか？」

いやなわけがない。もし傷痕が残ったとしても、それは燐紗を守るために負った傷だ。

燐紗は首を振った。

「……だいたい、もともとたいして色男じゃないだろ」

ようやく喋れるようになって憎まれ口をきく燐紗に、将為は笑い、どこか痛んだのか小さく呻く。火傷だけでなく、最後に落ちかかってきた角材のせいで、肩の骨と肋骨が折れているのだ。

「大丈夫か……⁉」

「ああ、痛み止めもだいたい効いてるみたいだし」

「眠ったほうがいいんじゃないか？　先生呼んでこようか」

「いや、今起きたところだから」

「……ごめん。俺のせいで」

最初に捕まったのは灯織だけれど、灯織があんな行動をとったのは、その前に自分がつまらない真似をしたからだ。

（将為にあんなに止められたのに）

「まったくだな。……けど、頼まれもしないのにたすけに行ったのは自分だし」

気にするな、と将為は言った。

じわりとまた涙が滲んだ。

「なんで俺たちがあそこにいるってわかった……？」

「最初におかしいと思ったのは、どっちの組の応援席にもおまえも灯織も戻ってきてないのに気がついたときだった。気になって、手が空いてからなんとなく捜してたら、威能がびっくりするような速さで自動車を飛ばしているのを偶然見かけた。あいつ、翰林院の庭でおまえの手を撫でまわしてただけじゃなく、その前からおまえたちのことをじっと見てたり——というか、むしろつけまわしてるんじゃないかって節があったからな。やばいと思ったんだ」

そのあと将為は柾綱を見つけて合流し、威能の屋敷に行ってみたのだという。

「そうしたら、中から灯織が飛び出してきたんだ。ほとんど裸で、りんも中にいるって言って――血が逆流するっていうのはああいう感じを言うんだろうな。門を乗り越えて建物の中に入ろうとしたけど、警備員たちと乱闘になって、柾綱が止めてくれているうちに俺が先に地下室へ降りた」

さすがに疲れが出たのか、将為はそこまで喋ると深く吐息をついた。

「将為……」

燐紗は包帯の上から彼の手を両手でそっと握った。

「たすけてくれて、ありがとう」

燐紗に対して怒っていたはずだったのに。いやむしろ怒っていいのは燐紗のほうなのかもしれないが――無理に身体を奪われたときは腹が立ったけれど、これで帳消しにしてやってもいい。

将為は燐紗のミミを撫でた。

「灯織と柾綱は?」

燐紗はそろそろ黙って将為を休ませるつもりだったが、彼のほうからそう聞いてきた。

「柾綱も火傷したけど、命に別状はないって」

「そうか。……灯織と話したか?」

「……うん」

燐紗は頷く。

「灯織に、放っておいてくれって言われた」

「だろうな」

と、将為は言った。

「決心ついた？」

「……灯織の言いたいことはわかるんだ。……わかるけど、でも……どうしてそんなに苦しいほうへ飛び込もうとするんだろ？」

「それだけ好きだってことだろ。誰に反対されても諦められないほど」

「だって柾綱は絶対先に死ぬんだよ⁉　そのときどんなに辛い思いをすると思ってるんだよ、悲しむのは灯織自身なのに……！」

「やっぱ、寿命のことで反対してたんだな……」

そうじゃないかとは思ってたけど、と将為は言った。

「俺とのことも？」

「……っ……」

迂闊に口にするのではなかった、と燐紗は思った。将為は続けた。

「俺が一尾だから……ずっと先に死ぬから、俺と恋びと同士になろうとしなかったのか？」

「——そんなの、おまえだって今まで言ったことなかったじゃんか……っ」

「じゃあ、今言う。俺とつきあって」

ぶわっと頬が熱くなるのを感じた。顔ばかりか胸まで熱く込み上げてくるものがある。

(どうしよう……嬉しい)

将為にきちんと交際を申し込まれることが、こんなに嬉しいなんて。

けれどもそれを受け入れることはできない。燐紗は首を振った。

「俺のこと振るんだ？」

「振るって……そんな」

「振ったじゃん。俺とつきあう気はないんだろ？　——でも、じゃあおまえ平気なの」

「な、何が……」

「たとえば俺が、他の誰かと結婚しても？」

なんでもない顔をしなければならないのに、燐紗は思わず息を呑んでしまった。

「そ……それは仕方ないことだろ……」

「へえ、そう。じゃあ俺がその相手と仔どもをつくっても？　そいつらのことがおまえより大事になって、おまえのことはただの親戚としか思わなくなって、どんなときでも優先するのはその相手と仔どもでも？」

「……。……やめろよ……」

息が苦しくて、燐紗は将為から目を逸らす。

「具体的に想像してみろよ。祭りでも正月でも七夕でもなんでも、一緒に過ごすのは新しい家族で、おまえじゃない。たまに会っても、俺はおまえに愛しい家族の話ばかりするし、今――ずっと若いときにこうしてたことなんて、全部ただの若気の至りになる」

「もうやめろよ……っ、なんでそんなにひどいことばっか言うんだよ……！」

「何がひどいんだよ、ただの現実だろ」

たしかに、彼が口にしたのは、普通に考えられる未来だった。燐紗が見ないようにしてきた、未来。

「……おまえに、ちゃんと想像してほしいからだよ。他の誰かのものになる俺を」

「うるさい……！」

燐紗は首を振った。

「おまえ、結婚したくらいでそんなんなっちゃうのかよ、仔狐の頃からずっと一緒にいたのに……！」

「そうだよ。当たり前だろ」

誰だって、自分の家族が大事。妻や仔が大事。従兄の仔どもなんていう遠い親戚よりも。

もちろん、当たり前だけど。

違う、とどこかで思っていたのだ。将為が他の誰かと結ばれても、「親友」として変わらずにつるんでいられるつもりだった。

それなのに。

一度は止まった涙が、また零れた。

将為の手が、ミミから頬へすべる。

「なーんてね」

と、彼は言った。

「本当はきっともし他に妻仔ができても……、おまえが困ってたりしたら、俺は駆けつけずにはいられないんだろうけど」

「……っ」

燐紗が勝手に感じていた恋愛以上の将為との繋がりは、将為の中にもちゃんと存在していたのだ。

燐紗はしゃくりあげた。

「でもさ、ひどいと思ったんなら、おまえも俺を手放したくないってことだろう？　だったら、何を躊躇う必要があるんだよ。認めちゃえよ、俺を好きだって」

燐紗は首を振った。

「でも」

認めたくなかった。認めたら、気持ちに歯止めが効かなくなる。これ以上好きになったら、失ったときどれほど辛い思いをすることか。

「りん」

燐紗はまた首を振る。何も聞きたくなかった。なのに、将為は思いもよらないことを話しはじめた。

「運動祭のとき、煌紀兄さんがわざわざ俺のところに来てくれたんだ」

「え……？」

燐紗は思わず顔を上げた。

「おまえのしっぽの傷のこと、教えてくれたよ。あんなところに傷があるっていったいどういうことなのか、誰かがつけたのかとか、ずいぶん悶々と嫉妬したのに、本当はおまえが俺のために、自分でつけた傷だったんだな」

「――……」

煌紀はひどい、と燐紗は思った。

（……ばらすなんて）

そんなにも昔から好きだったこと。

「……昔、おまえが神仔宮の池で溺れたとき……」

ひどい頬の熱さを覚えながら、燐紗は自棄のように口にした。

「し……死ぬかと思って、滅茶苦茶怖かった。目の前真っ暗っていうか、足許に穴が開くっていうか、……息ができなくて」

あのときの話をしているだけでも胸が詰まって苦しい。

「……おまえがいなくなったらって思ったら……でもそういう日はいつか絶対訪れるんだよな。い……今だって辛いのに、もっと好きになったら絶対堪えられない。おまえのこと嫌いになりたい。……一生懸命嫌おうとしたけど」

「そういえば、割と俺に邪険だったよな、おまえ、ずっと」

それはわざとだ。できるだけ距離を置いて、心の距離もとりたかった。なのに、完全に離れてしまうこともできなかった。そしてそんな態度を取っても将為が離れていかないことで、無意識に彼の気持ちを試していた部分もあったのかもしれなかった。

「でも嫌えなかったんだろ」

「……そんなこと、ない」

将為は顔を覆う燐紗の手を剝がし、自分の手と組み合わせるように握った。

「好きだって認めろよ」

燐紗は首を振った。

「仔どものころから、俺のために大事なしっぽを切ろうとするくらい大好きだったんだろ？　今だって、もっと好きになったら堪えられないって言っただろ。もうそれくらい好きゃいけないのに、それから何百年もひとりで」

「……っだからやなんだよ……っ、これ以上す……好きになったら、絶対にいつか別れなきゃいけないのに、それから何百年もひとりで」

孤独に堪えなければならないなんて。

「遺（のこ）して逝（い）くほうも辛いよ」

「あ……」

将為は苦笑のようなものを浮かべる。

今まで逆の立場から考えたことがなかったけれど、それもたしかに辛いのかもしれなかった。彼が燐紗のことを愛してくれているのなら。

「だけど、おまえには灯織がいるだろ。灯織にもおまえがいる。だからそのときが来ても、俺は安心して先に逝けると思うよ」

「い……逝くなんて言うなよ……っ」

そんな言葉を聞いただけで苦しくなる。しかも病室で、手を握って言われたら。けれども将為は続けた。

「おまえは俺が死んだら、他に好きな相手を見つけるといい。再婚してしあわせでいてくれるほうが、ひとりでいるよりずっといい」

思いもよらない科白だった。燐紗はひどく驚いた。

「嫉妬しないのかよ……っ？」

「するに決まってるだろ。するけど……俺はおまえの恋びとでもあるけど、仔狐の頃から一緒に育った兄貴分であり、幼なじみで、親友でもあるんだよ。嫉妬より、おまえにしあわせでいて欲しいんだよ」

「う……」

将為がそんなふうに燐紗のしあわせを思っていてくれたなんて。

将為のしあわせを？

(俺は、考えたことあったかな……？)

「……おまえは俺といられたらしあわせ？　何百年も先に死んでも？」

「ああ」

一瞬の躊躇もなく将為は答えた。

「——ま、そんなこと言ったって逆もありえないわけじゃないんだけどな。伯父さんみたいに」

将為の伯父、燐紗にとっては祖父に当たる先代の神仔宮は九尾だったが、若くして病死していた。そういうことも、たしかにありえた。

(……そうなったらいいのに)

でももしそんなことが起こったら、燐紗が味わうはずだった苦しみを、将為が味わうこ

とになるかもしれないのだ。

　それを「よかった」と言えるかどうか。

「……自覚はなかったけどさ、仔狐のころから、俺はおまえのことが好きだったんだと思う。だからきっと真冬の池に飛び込むなんてことが、仔どもながらにできたんだ。おとなになって……おまえがお添い臥しをやることになったとき、なんだか居ても立ってもいられなかった。おまえが女と寝るのかと思ったら」

　自分のことは棚に上げて、将為は言った。

「あのとき初めて自覚したんだ。おまえを他の誰にもふれさせたくない、おまえのことがそういう意味で好きなんだって」

「将為……」

「初めてを奪うのには失敗したけどな」

　と苦笑する。燐紗がいやがったから、将為は途中でやめてくれたのだ。——でも。

「う……」

「うん？」

「し……失敗してないって言ったら……？」

「え？」

　真実を告げるのは、ひどく恥ずかしいけれども。

「……やってないんだ、本当は。お添い臥し」

「え……ええええ⁉」

怪我にんとも思えない声を、将為はあげた。起き上がろうとして痛みに呻き、また寝台に沈み込む。

「やってないって……」

「……なんか急に、好きなひとじゃない相手とするのはだめな気がして……眠らせて、そのまま」

「はは……」

将為は笑い出した。笑いながら痛がり続けた。

「そんなに笑うから……っ」

「いや、嬉しくて」

将為は燐紗のしっぽへ手を伸ばしてきた。しっぽはすっかり垂れていたが、将為の手に吸い寄せられるように持ち上がった。

「……りん」

「うん？」

燐紗のしっぽの一本が、将為の手の中に収まった。

「……俺がもし先に死んだとしても、九百年も寿命があるんだからさ、……そのうちまた、生まれ変わった俺と出会えるかもよ?」

「……生まれ変わり……」

無茶な話に、燐紗もまた笑ってしまった。そんなものがあるわけがない。けれども、もしかして——と、思う。いつかまた会えるかもしれないと少しでも信じられたら、希望を持って生きていくことができるのだろうか?

燐紗は笑いながら、またぼろぼろと涙を零した。

「もう、こんなに泣いてるのが何よりの証拠だろ。俺のこと、どうでもよかったら泣かないだろ」

将為は覗き込んでくる。

「好きだよ、りん。おまえは?」

「お……俺も好き、ずっと好きだった」

燐紗はようやく口にした。

「じゃあ、翰林院を卒業したら、結婚しよう?」

「ん……うん」

泣きながら頷く。

将為の唇が目許にふれ、そして唇へと降りてきた。

8

当然ながら、事件は祖母の女院のミミにも入ることになった。

燐紗と灯織は神仔宮へ呼び出され、説教を受けた。

灯織がひとり無断で翰林院の外に出たことを叱られ、それを捜すためとはいえ、燐紗も同様の行動を取ったことも咎められた。

「なんのために護堂をつけていると思っているのです」

「……申し訳ありません……」

軽率な行動を取ったことは事実なので、ミミを垂れて謝るしかない。

「しかし護堂も護衛を命じられておきながら、おまえたちから目を離し、危険な目に遭わせたことは不問にはできません」

「え……!?」

灯織が顔を上げた。

「……柾綱に、何か罰を下すつもりなんですか……!?」

「当然です。護堂には、随身から外れてもらいます」

と、女院は言った。神仔宮の王仔たちに関するじん事権がすべて女院にあるわけではないが、父の焔来は義母である彼女の意見を尊重する。このままいけば、柾綱は本当に辞めさせられてしまうかもしれない。

「そんな……！　僕が勝手に翰林院を飛び出したのがいけなかったんです。柾綱に落ち度はありません……！」

「それでもです」

「柾綱は、大怪我を負ってまで僕と燐紗をたすけてくれたんですよ、もしかしたら命の危険だってあったかもしれないのに……！　それより尊いことがありますか⁉　なのに馘首にするって言うんですか……⁉」

（お祖母様に口答えするなんて）

少なからず燐紗は驚いた。

（おとなしい仔なのに）

あの祖母に面と向かって逆らうなんて。

けれども灯織の声はわずかに震え、しっぽはすっかり逆毛立っていた。怖くないわけではないのだ。

（それでも灯織は好きなひとを守るために）

——俺は灯織のほうが芯は強いんじゃないかって、ずっと思ってたけどな

将為が以前言っていたことを思い出す。

——そんなわけないだろ……！

あのとき燐紗は反論したけれども、もしかしてそうなのかもしれないという気も、少しだけしたのだ。

「お黙りなさい！」

叱りつけられて、灯織も、そして燐紗もつられてぺたりとミミを伏せた。

「柾綱がおまえたちを守ったのは、それが仕事だからです。職務を全うしたにすぎないのですよ」

「だ……だとしても、柾綱がいなかったら僕たちは……っ」

灯織が必死に言い募る。

柾綱がたすけてくれたのは、最終的には灯織というより燐紗と将為だ。柾綱が来てくれなかったら、角材の下敷きになった将為は焼死していたかもしれなかったのだ。

「あの……っ！　お祖母様……っ‼」

燐紗は思わず口を挟んでいた。

「お……お祖母様。灯織が翰林院を飛び出したのは、そもそも俺が馬鹿なことをしたからなんです」

「その……喧嘩というか……。それに、柾綱には翰林院で待つように言われたのに、俺が柾綱を騙して勝手に灯織を捜しに行ったんです。柾綱は悪くありません」

「燐紗……」

灯織が目をまるくして燐紗を見る。

「……あのとき柾綱が来てくれなかったら、俺も、それに将為も死んでいたかもしれないんです。柾綱を馘首にするなら、俺も一緒に罰してください。お願いします！」

燐紗は手を突いて頭を下げた。

「お……お願いします……！　燐紗だけが悪いんじゃありません。僕が考えなしだったから……柾綱にはひとりで行動しないように口を酸っぱくして言われていたのに、言うことを聞かなかったんです。だから僕も一緒に……っ」

灯織もまた頭を下げる。

女院はしばらくの沈黙ののち、呆れたようにため息をついた。

「もうよい」

ふたりははっと顔を上げる。

「じゃあ……」

「護堂については追って沙汰があるでしょう。ふたりともお下がりなさい」

「馬鹿なこと？」

「はい」

ふたりは再び頭を下げ、稲荷御所を辞した。

神仔宮へ帰る途中、ふたりは庭の池のほとりに置かれていた床几に並んで腰掛けた。

「……さっきはありがとう」

と、灯織は言った。

「一緒に柾綱をかばってくれて」

燐紗は首を振った。

「本当のこと言っただけだし。……これで随身を外すなんてこと、なくなるといいんだけど……」

「……燐紗は、僕と柾綱のこと、反対なんじゃなかったの」

「……そうだけど」

いや、正確には「そうだった」のだ。

「……灯織と柾綱のこと、引き裂こうと思ってた。それが灯織のしあわせだって思ったから。……今でも迷ってる。きっと苦しい恋になるってわかってるのに……っ」

灯織の恋は灯織のものだという将為の言葉がミミに蘇って、息が詰まる。

「で……でも、それは灯織が決めることだよな」

「燐紗……」

灯織のやさしい手が伏せたミミにふれ、そっと撫でた。

「燐紗の言ってること、わかるよ。それに僕のためを思ってくれたってことも」

言いたいことが伝わったことと、灯織のてのひらの感触に、目の奥が痛くなった。

「ありがとう」

「灯織……」

燐紗は小さくしゃくり上げた。

「……でも俺、それだけじゃなくて、多分柾綱に嫉妬してたんだ。灯織をとられるみたいで」

灯織は燐紗をぎゅっと抱き締めてきた。

「それなら僕だって」

と、灯織は言った。

「燐紗が将為とつきあいはじめて、寂しかった。そのことを話してもくれないことも、ちょっと怒ってた」

一瞬、言葉が出てこなかった。

「……灯織、気づいてた……?」

「そりゃあ気がつくよ、ふたりの雰囲気が変わったことぐらい。双仔なんだよ、僕たち。そのうえ同じ家に住んで、同じ学校に通ってるのに」

「……雰囲気、変わった……?」

「なんとなく。甘くなったっていうのかな」

そんなふうに見えたのかと思うと、頬が火照った。

「まあ昔から、将為は燐紗には甘かったけどね」

「……そんなことないと思うけど」

「あったよ」

灯織は言い切る。

「昔から、将為は燐紗のことが好きなんだと思ってた。僕のことも可愛がってはくれたけど、燐紗に対するのと、ちょっと違ってたよ。燐紗のことは、なんだかかまいたくてしょうがなくて、自分でも止められないみたいな、そんな感じがした」

「そ……そうだったかな……」

燐紗に指摘されて、ますます気恥ずかしさが募る。

よくかまわれたというか、揶揄(からか)われることは多かったと思う。かまいたおされるあまり、どちらかといえば苛められているような気さえしたほどだった。燐紗の中になんとなく将為と張り合ってしまうような気持ちがあるのは、もしかしてそういうところが原因だったのかもしれない。

「それにこのごろ、将為から女のひとの影を感じなくなったし」

「……にしては、翰林院で女仔生徒にしょっちゅう囲まれてたけど」

「燐紗、嫉妬してるんだ」

「ちが……っ」

「あはは」

灯織は笑った。こんなふうに灯織の無邪気な笑顔を見るのは、なんだかひどくひさしぶりな気がした。

「もてるのは将為が悪いわけじゃないのに」

「べ、別に悪いとかじゃ……」

「で、いつからつきあってるの？」

「いつからって……昨日から……？」

「嘘だ」

「本当だって」

「じゃあ、お添い臥しの前に、将為が燐紗を強引に連れていっちゃったことあったよね？聞いても教えてくれなかったけど、あのあと何があったの？」

「あ、あれは」

顔がひどく熱かった。答えあぐねて睨む燐紗に、灯織は噴き出した。

「もう……っ」

燐紗もつられて笑ってしまった。こんなふうに灯織と他愛もない話をして笑うのも、ひさしぶりだった。

「……将為に言われたんだ。たとえ俺より自分のほうがずっと寿命が短くても、灯織がいるから安心して逝けるって」

そう口にしながら、ふいに言葉が震えた。

「うん……そうだね」

灯織の瞳もじわりと潤んだ。いくらもう心を決めているとは言っても、灯織だって辛くないわけではないのだ。

燐紗は灯織を抱き締めた。それに応えて灯織も抱き締め返してくる。しばらくのあいだ、抱きあって泣いた。

そしてひと心地つくと、ふたりは顔を見合わせ、涙を拭って照れ笑いを浮かべた。

それからしばらくが過ぎた。

ふたりの懇願と、父の口添えのおかげもあって、柾綱の処分は短期間の謹慎のみで済んだ。柾綱は護衛に復帰し、今は再び双仔と一緒に翰林院に通っている。

(やっぱり母上を味方にするのが一番だな)

と、燐紗は思う。母を味方にすれば、父ももれなくついてくるし、祖母に意見できるのは父だけだからだ。

そして翰林院の帰りに、燐紗は毎日のように将為の家に見舞いに通っていた。

「……灯織がさ」

縁側で将為のしっぽの毛を梳かしてやりながら、他愛もない話をする。

柾綱のことを頼むついでというか、燐紗は母にしっぽの手入れ方法について教えてもらったのだ。母はもともと父の侍従で、しっぽについてはとても詳しい。単に詳しいという言葉では言い表せないほどに。

将為の後ろに座り、しっぽに母お勧めの油をつけて櫛(くし)を入れる。だいぶ焦げて、一部は皮膚が見えるほどになっていた被毛も少しずつ生え替わりはじめていた。

「うん」

「柾綱とほんと仲いいんだよね。お弁当食べるときなんて、あーん、とかやってんの」

——いけません。九尾狐家の宮様にそのようなことをしていただくわけにはいきません

——いいから。柾綱はこんな大怪我してまで僕たちを守ってくれたんだから、このくらい当たり前だよ

「な一んて言ってさ、いくら柾綱がてのひらに火傷してて箸が持ちにくいからって、学校であれはちょっとやりすぎだよな」

「へえ」

将為は喉で笑う。

「妬ける？」

「そういうんじゃないけど」

「じゃあうらやましいとか」

「べ……別に」

将為はまだ登校してこないから、一方的に見せつけられるばかりなのだ。正直、ちょっとつまらないというのは、なくもなかった。

「ま、俺もそろそろ復帰しようとは思ってるけどな」

「そ、そうか？」

将為が輸林院に戻ってくる。それでなくても毎日会っているのにとは思うけども、やはり嬉しかった。

「でも大丈夫なのか？」

「うん。主治医もいいって言ってるし」

「そっか。そうだよな、しっぽだってこんなにもふもふになって、艶も出てきたんだもんな」

「そうだな。りんが毎日世話してくれるからな」

燐紗は手柄を褒められて気をよくする。

「前より綺麗なくらいじゃない？　見て、このへんの輝き！」

「かもな」

もともと立派な毛並みではあったが、今はさらに神々しいほどだと思う。手を入れれば入れるほど美しくなって、母が父のしっぽの世話に夢中になる気持ちが、少しだけわかってきた気もする燐紗だ。

銀色の毛のみっしり生えた豊かで長いしっぽが、手の中でますます立派になっていく姿を見ていると、うっとりとしたときめきを感じてしまう。

「惚れ直すだろ？」

「馬鹿」

ちら、と振り返り、揶揄ってくる将為の頬には、まだ火傷の痕が残っている。いずれ消えると聞いてほっとしたけれども、まだ痛々しかった。

その傷に、燐紗はふと手をふれた。

「……そんな、気にするなって」

と、将為は言った。

「……そういうわけじゃ……ただ、顔が取り柄だったのにと思って……」

「色男だったたって認めるんだ？」

「……そうは言ってない」

憮然(ぶぜん)と答えると、将為は笑った。

「かえって野性味が出てイケてね？」

「女誑(おんなたら)し」

横目で睨めば、

「別に、りんだけ誑せたらいいんだけどな？」

などと軽口を叩いてくる。

「ふ……ふん。口が上手いったら」

と言いながらも、まんざらでもなかった。

それにしても、

「おまえ、なんか変わったよな……？」

「どこが？」

「なんか……変にこう、……甘ったるいこと言ったりとか」

ちょっと前からそういうところはあったけど、このごろはさらにだ。

「もう遠慮する必要なんかないだろ」

「そうだけどさ」

「本当は前からこうしたかったんだ。ちゃんと恋びと同士みたいに」

などと言われると、燐紗はひどく照れてしまう。兄弟みたいにつきあいながら、この男はそんなことを考えていたのかと思うと。

「……身体の痕も薄くなった？」

「見たい？」

意味深な問いかけに、どきりとした。

「なんてな。まだ見ないほうがいいかも」

あれから肌をふれあうようなことはしていないから、傷の具合も見ていない。燐紗はずっと気になっていた。

「み……見たい」

「やらしいなあ、りんちゃんは」

「ば……っ、そういうんじゃ……」

「ない？」

「……。…………」

なくもなかった。

今のがそれだけの意味じゃなかったことぐらいわかる。

上目遣いで睨む燐紗に、将為は言った。

「風が出てきたな」

「……うん」

「中、入ろうか」

意味を察して、燐紗は障子を閉めた。

将為にあとについて、彼の部屋へ移る。怪我にんの部屋として、床は延べたままになっていた。

布団の上に胡座(あぐら)をかき、将為は浴衣(ゆかた)の帯を解いた。燐紗は彼の前に座り、肌が晒されるのを緊張して見守る。あの事件は、どれほどの傷を彼に残してしまったのだろう。

「あ」

「なーんてな」

けれども着物をはだけた下にあったのは、素肌ではなく包帯だったのだ。一瞬呆然とする燐紗に、将為は笑った。

「そりゃ巻いてるって」

考えてみれば、それはそうだろうけれども。

「ったく、ふざけんな」

と言いつつ、それは傷痕で燐紗が罪悪感を持たないようにという、将為の配慮だったのかもしれないと思う。

包帯の上からふれてみる。肩から胸のあたりにまで、それはしっかりと巻きつけてあった。

「……まだ痛むのか?」

「いや、もうほとんど」

そっと撫でても、胸筋の感触がなんとなくわかるくらいで、傷の具合は伝わってこない。それでも命にかかわるようなことにならなくて本当によかったと燐紗は思った。

(……ありがとう)

と、心の中で呟く。

「りん」

呼びかけられて顔を上げれば、唇に口づけられた。どきりと心臓が跳ねる。そこまでは最近でも何度もされたけれども、寝床に押し倒されるのはひさしぶりのことだった。

「……まだ無理じゃないのか……?」

「もう大丈夫だって」

再び唇を塞がれる。舌を吸われてぼうっとしているうちに、制服の下を脱がされた。

（……本当に最後までするつもりなのか……？）

前に抱かれたときのことは、燐紗にとって怖い記憶だ。

それだけとも言いがたいけれども、及び腰であることは間違いなかった。それに、

（だってここ折れてるんだろ？）

てのひらで将為の胸にふれる。

「あの……前に言ってた、あれさあ……」

「うん？」

「く……口でしようか？」

「ええ？」

そうすれば、将為にも無理させずに済む。

「おまえが自分からそんなこと言うなんてな。よっぽど俺が重傷だと思ってんのか、それとも恩に着てんのか……」

「べ……別にそういうわけじゃ」

「たいして重傷じゃないし、恩にもあんまり着なくていいけど」

「あんまり、か」

「ちょっとは着てくれたほうが、いいこともあるだろ？　こんなふうに」

将為は燐紗の顋を持ち上げ、親指で唇を撫でた。

「嬉しいぜ。ここの初めてを捧げてくれて」

将為はにこりと笑う。燐紗は早まったか……と思ったけれども。

「馬鹿」

彼の前に座り、脱ぎかけた着物の下のほうを捲った。何度も目にしてはいたものの、改めて見ると怯むような大きさがある。

「……ここは火傷しなかったのな」

「まあな。しなくてよかったよな？」

「お……俺に言うなよ」

舌を這わせると、半分勃ちかけていたものは、すぐにはっきりした芯を持ちはじめた。

「ん、……」

布団に跪き、腰だけを高く上げる格好が苦しい。喉を侵されているからなおさらだった。彼を楽しませようとするけれども、初めてのことでどうしたらいいかよくわからない。必死で舌をつかおうとしても、大きなもので口をいっぱいに塞がれていては、なかなか上手くできなかった。

将為の手がミミを撫でる。ほとんど咥えているだけなのに、

「……視覚の暴力だな」

と、呟く声はどこか苦しげで、なのに艶めいていた。

彼はゆるく腰を遣いはじめる。口内を注挿され、喉の奥を突かれると、なぜだか腰の奥がずくんと疼いた。

「りん」

頭をミミごと摑まれる。彼の動きは少しずつ早くなっていった。身動きがとれず、息ができない。

「ん……っ」

かと思うと、口の中にどろりとしたものが溢れていた。

呑み込むことができず、涙目で見上げれば、将為はようやく包帯のとれた右手を差し出してくる。

「はい、ここに出して」

（えっ）

戸惑ったけれども、他にしようがなくて吐き出せば、

「横になって」

と、将為は言った。

口淫したばかりで、なんだかあまり頭が働かない。言われるまま、燐紗は横になった。

左手で片脚を持ち上げられたかと思うと、先刻吐き出したものを後ろに塗りつけられる。

「やだ、それ……っ」

異様な感触に被毛が逆立った。

「ひ、ん……っ」

ぬぷ、と指が挿入ってくる。

「……指だけでも痛い？」

燐紗はこくこくと頷いたけれども、以前に比べればさほどでもなかった。それ以上にぞくぞくしてしまって。

挿れた指を動かされると、燐紗は無意識に身を捩った。

「ああ……っ」

ふと、その動きが止まる。薄目を開けて見ると、将為はそこを覗き込んでいた。

「ばか、何見てるんだよ……っ」

燐紗は手で隠そうとしたが、膝を摑んでさせてもらえなかった。

「これ……俺のための傷だったんだな」

かっと体温が上がる。そこにざらりとした感触を感じて、燐紗は息を呑んだ。

「やだ、あ……っ」

傷にそって舌を這わされる。以前からよく将為はそうしていたけれど、なんとなく舐めかたが違う気がする。そう——執拗だったのが、やさしくなった。

「あ……あぁ……っ」

それに感じてひくひくする孔に、指を抜き挿しして慣らしていく。

「んん……っ」

「そろそろよさそうだな」

将為は自身のものを取り出した。指の代わりにぴったりと押し当てられ、燐紗はその熱さにひくりと後孔を収縮させてしまう。先刻咥えたときもずいぶん大きいと思ったのに、さらにずっと大きく見えた。

「それ、無理……」

「挿入るよ、前もできただろ?」

「あれは、おまえが無理矢理……っ」

「そうだな。ちゃんと謝ってなかったけど……ごめん」

「も……もういいけど……っ」

「今度はりんも協力してくれるから、もっと奥まで挿入るかもな」

先端が燐紗の襞をひろげ、潜り込んできた。

「あっ、あッ――」

燐紗はそんな大きさのものが、自分の中に挿入ってくることが信じられなかった。

「嘘、挿入る……っ」

「挿入るよ」

小刻みに、少しずつ突き入れられる。燐紗はそのたびに声をあげた。裂けるように痛くて苦しい。なのに、止めて欲しいとは思わなくて、ようやくすべてが収まったときにはじわりと涙が滲んだ。

「ぜ……全部?」

少し喋るだけでも圧迫感が込み上げてくる。

「ああ。……動いても平気?」

「平気なわけないだろ……っ」

「だよな」

将為は宥めるように乳首に唇を落としてきた。まだふれられもしていないのに、そこはすでに尖っていた。

「あ……っ」

舐られると、小さく声が漏れた。お添い臥しの練習をした夜から何度もふれられてきて、すっかり敏感になったところだった。

「あ……あ……っ」

感じやすい乳首を舌で転がしながら、将為は動き出す。

「あ——……」

それはひどく熱かった。そして突かれるたび少しずつ深くなるような気がした。

「そんな、奥……っ」

「うん、……気持ちよくなってきた?」

だめ、と訴えたつもりだったのに、将為はそんなことを問い返してくる。

(馬鹿)

と、言いたくて、言葉にならない。

かわりに燐紗は、将為の背にぎゅっと抱きついて、爪を立てた。

*

ひと眠りしたあと、結局すっかり解けてしまった将為の包帯を、燐紗が巻き直してくれた。

とはいうものの、当たり前だがまったく上手ではなく、

「りん、そこ緩んでる。……あ、そっち離したらまた解け……ああ……」

という調子だ。

「もううるさいってば！　集中できないだろ！」

「集中できたら上手くいくって腕前じゃなさそうだけどな」

将為は苦笑した。

「もういいよ、あとでどうせ主治医が来るから」

包帯を燐紗から取り上げようとするが、燐紗は放さない。

「いいから！　すぐ終わるからやらせろっての！」

きゃんきゃんと抵抗し、諦めない。

「まあいいけど」

燐紗がこんなにも一生懸命なのは、自分のためにした怪我だという思いがあるからだ。

将為は、こういう燐紗がとても可愛かった。仔狐のころからずっと可愛いと思っていたし、それは顔かたちが可愛いというだけではなく、可愛くない性格も含めて可愛いのだ。

てのひらの中でずっところころ転がしていたいほど。

でもいつかは自分の寿命が尽きて、手放さなければならないときが来る。

……もし放さずに済むものなら。

そう思っても、それはただの夢物語だ。

(恋びとつくれとか、言わなきゃよかったかな)

でも、あれはあれで将為の本心ではあった。

他の誰かのものになる燐紗を見たくない反面、新しい恋びとをつくり、九百年の長いじん生をたくましく生きていく燐紗を、見られるものなら見てみたい。

そのときには自分はもうこの世にはいないけれど。

でも、もしいつか本当に生まれ変わることができたら。

自分よりずっと歳上になった燐紗と出会い、口説いて、恋びとにするのは、どんなにか楽しいことだろう。

「？」

緩んだ顔で見つめる将為に、燐紗は怪訝そうに首を傾げる。

「いいや、なんでも」

燐紗の指が傷にふれた。

「これ、やっぱ残りそうだな……」

燐紗は顔を曇らせるが、将為にとっては治っても治らなくてもどちらでもいいようなものだった。

けれど、燐紗のしっぽに将為のためにつけた傷が残っているように、自分の身体にも燐紗のための傷が残っているのは、ちょっと嬉しい。

「生まれ変わったら、目印になるかもな」

「え？」

「なんでもない」

将為は答え、燐紗の唇に口づけた。

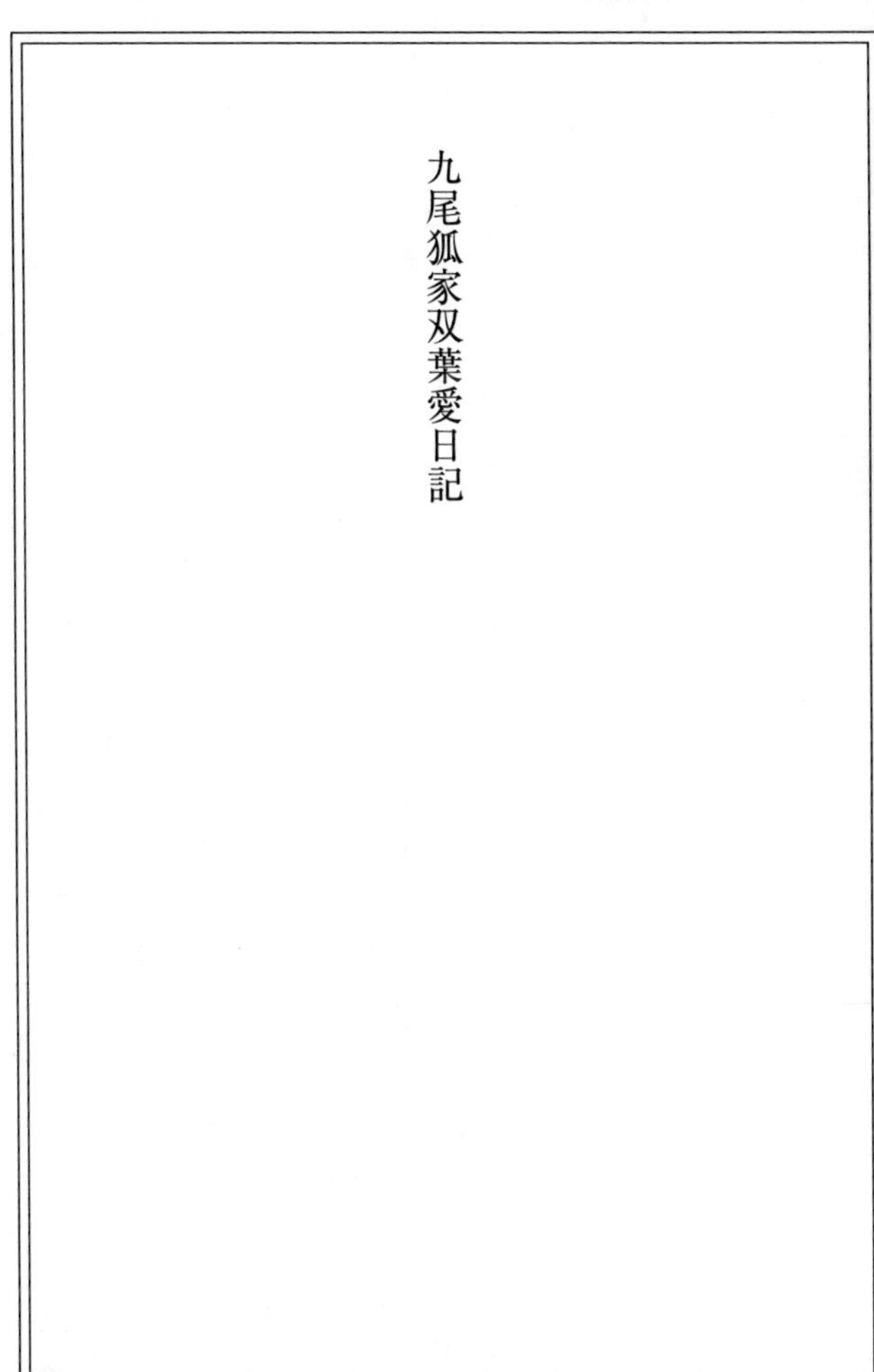

九尾狐家双葉愛日記

「ん……こら、だめだって……」

起き上がろうとする燐紗を、将為が布団の中へ引き戻す。布団の中で、十本のしっぽがもふもふと縺れあっていた。

「まだいいだろ。せっかくの休みなんだからさ。それに、やっと——」

そう言いながら、将為は覆いかぶさってきた。

燐紗が翰林院を卒業し、銀鏡家に降嫁してから約一年。仔狐が生まれてから三月ほどが過ぎていた。計算が合わないのは、まあさておき。

ようやく先日、閨のことも解禁になったところだった。

唇を塞がれ、深く舌を搦めとられると、つい流されそうになるけれども。

「だめだってば……今日は灯織たちが来るんだから……」

「昼からだろ。まだ時間あるって。……ちょっとだけ」

「んん」

ちょっとなんかでは済まないくせに。

という抗議は、またキスで封じられてしまった。将為の手が下へ降りていく。もともと乱れていた寝衣の裾を割り、入り込んでくる。

と、そのとき。

「もう……しょーがない……」

な、まで言わないうちに、ふいに隣の部屋から、みゃーともみぎゃーともつかない仔狐の鳴き声が響き渡った。

ふたりは飛び起きた。

我が仔が目を覚ましたのである。

降嫁した身の上で、乳母もひとりしか雇わずに仔育てをしているので、こうなるといちゃいちゃするどころの話ではなかった。

「よーしよし」

と抱き上げ、おむつを確かめるが濡れてはいない。

「おっぱいかな?」

「だろうな。ほんとよく飲むよなぁ」

といいながら、将為はまだ毛もの姿の仔狐の頭をミミごと撫でた。燐紗は着物をはだけ、仔狐に乳首を含ませる。

「何見てるんだよ?」

視線を感じ、ちらと睨めば、将為の視線は燐紗の乳首にある。

「いや、いい眺めだと思って」

「ばか」

「やらしい意味で言ったんじゃないのに」

「いいから、粉のやつつくってきて、早く」

出ないことはないが、あまり出がよくはないのだ。乳母は将為の休みに合わせて暇を取ってもらっていた。

「はいはい」

と、将為は慣れた返事をして台所へ向かった。

昼を過ぎたころ、灯織と柾綱がやってきた。

ふたりはいい鶏肉をたくさんお土産に持ってきてくれた。鶏肉は、油揚げとともに狐族の好物だ。

その肉を使って、柾綱がカレーをつくってくれた。

「らいすかれ?」

「ライスカレー。うちでもよく食べるんだ」

「へえ……」

海軍仕込みだそうだ。柾綱も今では軍でずいぶん出世している。

「軍では牛肉を使うらしいけど、やっぱり鶏肉だよね」

庭に大鍋を出して、交代で燐紗や将為も手伝う。できあがると、女中たちにも振る舞った。

「美味しい……！」

「ほんと」

円卓を囲みながら、燐紗は灯織と目を見交わして笑った。仔狐が興味を示して伸ばしてくる手をやんわりと握って遠ざける。

「たまはまだ無理だねえ」

「おとなになったらね」

たまというのは、仔狐の愛称だ。本名は珠音という。しゅおんと読むが、将為曰く「珠のように可愛いから」たまと呼んでいた。

覗き込むと、珠音はみゃあと鳴いた。

「わかったみたい」

「たまは賢いからな」

と、将為が言った。美しっぽ王仔も今やただの親馬鹿である。

「お腹すいたんじゃない？」

「じゃあ、たまも御飯にしようか」

将為が哺乳瓶を取りに行き、ほどなく戻ってきた。ひと肌に調整するのももう慣れたものだ。

燐紗が仔狐を渡して、将為が授乳する。それを四にんで見守った。

「ふふ。可愛い」

元気よく吸い上げるたびに、おくるみからあふれたしっぽがぴくぴくと揺れる。仔狐にしては非常に豊かで美しい、一本だけのしっぽだった。

「りんに似てるだろ」

「うん。でも将為にも似てると思うけど」

親族だから、顔の系統はもともと近くはあった。

「そういえば、煌紀兄上のところももうすぐ生まれるんだよな」

ふと思い出して、燐紗は言った。

「そうそう！　十年以上できなかったのに、今になってってみんな大喜びだよね。たまちゃんが呼び水になったみたいだって」

「うん。本当によかった」

東邸ではなかなかおめでたい話を聞かないのに、自分たちばかりが授かり婚になってしまったことが、少し気になってはいたのだ。

「焖都兄上のところもふたつめの卵が無事生まれそうだし」

灯織がやさしい瞳で珠音を見下ろしながら呟く。

「この仔はしあわせの御使いかもしれないね」

燐紗も頷いた。

「そうだね、きっと」

やはり親馬鹿には違いなかった。

*

灯織と柾綱が護堂家へと帰ってきたのは、夜も更けてからのことだった。

燐紗たちと酒を酌み交わし、ついでにお土産にも持たせてもらって、ほろ酔い気分だった。

「可愛かったね、たまちゃん」

ほうじ茶で一服して、まだふわふわした気持ちのまま他愛もない話をする。とは言っても、主に灯織が喋って、柾綱はたまに相槌を打ちながら聞いている——というのは、学生時代から変わりない。

「だんだん燐紗そっくりになってきたみたい。生まれたばっかりのときはよくわからなかったけど」

まだ毛もの姿とはいえ、やはり似ている似ていないというのはあるようだ。

「ええ」

種族の違う自分と柾綱のあいだに、仔を授かることはない。灯織には、燐紗の仔は自分の仔も同然に可愛かった。おそらく燐紗もそう思ってくれているだろう。話したわけではないが、九尾狐王家から降嫁した先で生まれた仔狐には「れんが」のつく漢字を使った名前をつける――という習わしを破ってまで、「音」という灯織の名に含まれる文字を使ってくれたことは、そのあらわれだ。

でも、柾綱にとっては。

「……ごめんね」

柾綱の仔どもを産んであげられなくて。

自分が好きになってしまったことで、柾綱から同じ犬族のやさしい女性との結婚や、仔どものいる賑(にぎ)やかな家庭を奪ってしまったような自責の思いが、灯織にはある。

「珠音様は、あなたにも似ていましたよ」

と、柾綱は言った。

「あの仔を見ているとと私たちの仔のようにも思えます。あいつの血が混じっているのはいただけませんがね」

あいつ、というのは将為のことだ。仲が悪いというほどではないが、なんとなくふたりは相性が悪いというか、運動祭で張り合って以来の意地のようなものが存在するようだった。

――あのときは、ついしろうと相手に本気を出してしまいましたと、柾綱は言っていた。

――宮様がたのお相手として申し分のないあいつに嫉妬していたのかもしれませんね

「それに、仔がいないからこそいいこともありますよ」

卓袱台（ちゃぶだい）の角越しに、柾綱は唇を軽くあわせてくる。

「……こんなときに、いきなり鳴き出されたりしなくて済む」

灯織はつい笑ってしまった。

「将為の不満顔が目に浮かぶね」

「他の男の顔など忘れてください。たとえ不満顔でもね」

再び口づけられ、畳の上に押し倒された。

灯織は柾綱の大きな身体に覆いかぶさられるのが、とても好きだ。なんだかどきどきするし、そのまま乳首を吸われると、柾綱が大きな仔どものようにも思えて可愛かった。

（仔どもはこんなにやらしくないけど）

「そういえば昔、燐紗が柾綱のこと、きっとむっつりすけべだって言ってたんだよ」

「当たってましたか？」

灯織は喉で笑った。

「ん……っ」

柾綱はそこを舌で転がし、何度も吸い上げてくる。

「あ、あ……っ」

痺れるような感覚が下腹にまで走り、灯織は膝を立て、何度も腰を浮かせた。

灯織のものが、ふれられもせずに芯を持ちはじめると、柾綱は唇を落としてくる。

「っ……」

その軽い感触だけで、灯織は息を詰めた。

「……本当に可愛らしい」

微かな——けれどどこか淫らな声で囁かれると、疼きが増す気がした。

「ばか……っ」

灯織は小さく抗議したが、柾綱は聞いていない。躊躇いもなく舐ぶりはじめた。

「あ……はぁ……っ」

根もとからじっくりと、丁寧に舐める。執拗さを感じるほどなのは、犬族だからなのだろうか。そんなときの柾綱は嬉しそうにしっぽを振っていて、たまらなく愛おしい。

「あ、ああ、ああぁ……っもう、……っ」

同じところばかりにざらざらとした舌を繰り返し這わされ、灯織は焦れったさに身を捩った。

「……そこばっかり、だめ……っ」

「じゃあ、こっちですか?」

けれども柾綱が唇を移した場所は、すっかり張り詰めて雫さえ零しはじめていた先端のほうではなかった。

尖らせた舌を後ろの孔に挿し込まれ、灯織は背をしならせた。

「あうう……っ」

「ここ……舐める前からほどけたみたいになっていますよ」

「そんな……っ」

柾綱にふれられていると、慣れた身体は勝手に期待してしまう。受け入れる準備をはじめてしまうのだ。

ざらりとした、けれどやわらかい舌の感触が、内壁を深く擦った。

「あ、あぁ……あ、あぅ……っ」

わずかに痛みをともなう快さに、灯織は翻弄された。舌の届かない孔の奥までが、ざわざわと反応する。柾綱を求めて何度も引き絞る。

「とける、とけちゃう……っ、あ、あぁぁ……っ」

前のほうもずきずきするくらい勃っていた。なかば無意識に、灯織はそこへ手を伸ばす。包み込み、柾綱の舌の動きに合わせて擦り続ける。

柾綱が顔を上げた。

「……こんな恥ずかしいことをして……」

灯織のそこを見つめて微笑う。それでも灯織はやめられなかった。それに、彼の視線を感じると、ますます気持ちよさが募るようで。

「もう無理……っ」

「何がです？　一緒に擦って欲しいんですか……？」

わかっていて柾綱は煽ってくる。それもどんなにか気持ちいいだろうかと思うけれども。

灯織はそろそろと起き上がり、畳にうつ伏せた。腰だけを高く掲げ、しっぽを上げる。孔がまる見えになるのがたまらなく恥ずかしい。なのに、さらに恥ずかしく、灯織は両手で双丘を広げてみせた。

「い……挿れて……っ」

舌で散々嬲って、解したところへ、柾綱のものが押し当てられる。灯織はそこをひくつかせた。その動きに催促されたように、彼の熱がずぶりと挿さってきた。

「あああ……っ」

一気に深く侵され、目の前が白くなるほどの快感を覚えた。

犬のかたちで交わるのが柾綱は好きだ。灯織もまんざらではなかった。挿れながら指で扱かれるのがたまらなかった。

「そんな、されたら……いっちゃう……っ、すぐ、いく……から……っ」

「もう少し我慢して」

柾綱はやさしい声でひどい命令を下す。灯織は必死で堪えようとしたが、奥をごりごりと抉られてはとてもできなかった。

「無理……っ、あああ……っ」

「もう少しだけ」

「んん……っ」

我慢できずに達して、同時にきゅうきゅうと柾綱を締めつける。背中で小さく柾綱が息をつめた。

入り口を塞がれたまま、たっぷりと吐精される。

「あ、あ、あ……っ」

長く続く犬族の射精を受け止め、ちらと振り向けば、柾綱の夢中になった表情が見える。

達してもなお注がれる快楽に翻弄されながら、灯織は微笑んだ。

あとがき

こんにちは。「九尾狐家双葉恋日記～掌中の珠～」をお手にとっていただき、ありがとうございます。鈴木あみです。

もふもふ第六弾！

今回は、焔来と八緒の三男と四男・もふもふの九尾の双仔、しっかり者の燐紗と、おっとりふんわりの灯織のお話です。燐紗のほうがメインかな？　新カプですので、この本だけを読んでいただいてもあまり問題なく楽しんでいただけると思います。

燐紗は九尾狐王家の親族で幼なじみの将為と、灯織は海軍兵学校を休学して護衛として翰林院につき随うことになった学友の柾綱と、それぞれラブラブになります。

ところで私事ですが、この本を書いているあいだ、猫様が腎不全になって入院しました。今は退院してだいぶ元気なんですが、その際とても効いた漢方があるのでご紹介したい。なんか血液クリ○ニングを推奨するイタい人みたいになるので悩んだんですが、本当に効いたので、ちょっとでも拡散したいです。勿論、輸液や投薬という一般的な治療をしながらですが、この漢方を飲ませはじめてから検査の数値も改善したし、食欲も復活しました。腎不全の猫って食べなくなるので、これが本当にありがたかったんですよね。補中益気湯という、クラ○エとかで普通に出していて、そのへんのドラッグストアで安く買えるものです。一日一〜二錠。よかったらぜひお試しください！

イラストのコウキ様。今回も大変とろくさく、ご迷惑をおかけして申し訳ありませんでした。にもかかわらず、素敵なイラストをありがとうございました。巻末に収録されている灯織と燐紗の仔ども時代のラフが超可愛くて可愛くて！　いただいた瞬間こっそりPCの壁紙にして原稿の励みにさせていただきました。本当に絶品です！　そして表紙のしっぽが物凄くゴージャス！　三十八本ある！！

担当さんにも、今回も大変申し訳ありませんでした……。なかなか優等生の脱稿ができない……次こそは頑張ります。これからもよろしくお願いいたします。

ここまで読んでくださった皆様にも、心からありがとうございました。また次の本でもお目にかかれましたら、とても嬉しいです。

鈴木あみ

九尾狐家双葉恋日記～掌中の珠～
キャララフ
しっぽが下向き
※灯織
しっぽが上向き
※燦紗
体型は八緒(母)と焔来(父)の真ん中 やや母寄りーくらい？
ブーツ

灯織
燐紗
金髪銀目
来まわり内ハネ
外ハネ
しっぽが9本ともなると穴も大きいので穴かくした上からリボンをたらしてる
お稚児ペア
小さい頃は髪型も一緒
コンシャスなシャツ
肌ざわりが良い
双子で同じものを着る(色違いパターンあり)
いまどきの若者なので家着も父親より若い

九尾狐家双葉恋日記
〜掌中の珠〜
キャララフ
前髪がウェーブ
将為
燐紗たちより10〜12cmくらい高い背
燐紗たちより15cmくらい高い背
柾綱
大きいしっぽ
ふわつや
軍靴

鈴木あみ先生、コウキ。先生へのお便り、
本作品に関するご意見、ご感想などは
〒101-8405
東京都千代田区神田三崎町2-18-11
二見書房　シャレード文庫
「九尾狐家双葉恋日記～掌中の珠～」係まで。

本作品は書き下ろしです

九尾狐家双葉恋日記～掌中の珠～

【著者】鈴木あみ

【発行所】株式会社二見書房
東京都千代田区神田三崎町2-18-11
電話　03(3515)2311[営業]
　　　03(3515)2314[編集]
振替　00170-4-2639
【印刷】株式会社 堀内印刷所
【製本】株式会社 村上製本所

落丁・乱丁本はお取り替えいたします。
定価は、カバーに表示してあります。

ISBN978-4-576-20025-5

https://charade.futami.co.jp/